Wilhelm Hauff

Das Bild des Kaisers

Wilhelm Hauff: Das Bild des Kaisers

Erstdruck: Dresden 1827 im »Taschenbuch für Damen«.

Neuausgabe mit einer Biographie des Autors
Herausgegeben von Karl-Maria Guth
Berlin 2016

Der Text dieser Ausgabe folgt:
Wilhelm Hauff: Sämtliche Werke in drei Bänden. Nach den
Originaldrucken und Handschriften. Textredaktion und Anmerkungen
Sibylle von Steinsdorff, München: Winkler, 1970.

Die Paginierung obiger Ausgabe wird hier als Marginalie zeilengenau
mitgeführt.

Umschlaggestaltung von Thomas Schultz-Overhage unter Verwendung
des Bildes: Vincent van Gogh, Die Postkutsche nach Tarascon, 1888

Gesetzt aus der Minion Pro, 11 pt

Verlag: Henricus - Edition Deutsche Klassik GmbH
Mörchinger Str. 33, 14169 Berlin, info@henricus-verlag.de
Druck: Libri Plureos GmbH, Friedensallee 273, 22763 Hamburg

Die Ausgaben der Sammlung Hofenberg basieren auf zuverlässigen
Textgrundlagen. Die Seitenkonkordanz zu anerkannten
Studienausgaben machen Hofenbergtexte auch in wissenschaftlichem
Zusammenhang zitierfähig.

ISBN 978-3-86199-827-3

Bibliografische Information der Deutschen Nationalbibliothek

Die Deutsche Nationalbibliothek verzeichnet diese Publikation in der
Deutschen Nationalbibliografie; detaillierte bibliografische Daten sind
im Internet über www.dnb.de abrufbar.

Ne crains pas cependant, ombre encore inquiête
Que je vienne outrager ta majesté muette!
Non – la lyre aux tombeaux n'a jamais insulté.

A. de Lamartine

1

In dem Cabriolet des Eilwagens, der zweimal in der Woche von Frankfurt nach Stuttgart geht, reisten vor einigen Jahren an einem der schönsten Tage des Septembers zwei junge Männer. Der eine von ihnen war erst eine Station hinter Darmstadt eingestiegen und hatte dem früheren Passagier schon beim ersten Anblick durch sein schmuckes Äußere und den freundlichen Gruß, womit er sich neben ihn setzte, die Furcht, der Zufall möchte ihm eine unangenehme Nachbarschaft geben, völlig benommen. Der Fortgang der Reise bewies, daß er nicht unrichtig geurteilt hatte, wenn er seinen Reisegefährten für einen wohlgezogenen, anständigen Mann hielt. Was er sprach, war, wenn nicht gerade heiter, doch offen und verständig; nicht selten sogar überraschten den Reisenden leicht hingeworfene Äußerungen, Gedanken seines Nachbars, die von feiner Bildung, gesellschaftlicher Erfahrung und einer Belesenheit zeugten, die er denn doch hinter dem etwas groben Jagdrock und der unscheinbaren Ledermütze nicht gesucht hätte. Überhaupt deuchte es diesem Reisenden, er müsse, je weiter er im Süden vordrang, desto öfter und nicht ohne Beschämung dem Lande und den Bewohnern Vorurteile abbitten, die man in der Ferne, vom Hörensagen, besonders in einem Alter von vierundzwanzig Jahren, so leicht annimmt.

Wie anders war ihm dieses Land im Brandenburgischen geschildert worden! Manche Reisende hatten zwar diese Bergstraße, dieses Neckartal gelobt, doch erschien dann ihre Beschreibung matt und klein gegen die Wunder der Schweiz, zu welchen sie auf dieser Straße geeilt waren. Über die Bewohner war aber in seiner Heimat nur *eine* Stimme. Hier, bald hinter Darmstadt, fangen die Schwaben an, erzählte man dem jungen Reisenden in Berlin mit einem mitleidigen Blick auf die Karte, mit einem noch mitleidigeren auf ihn, der diese Länder besuchen wolle. Da geht alles gesellschaftliche Leben, alle Bildung aus; ein rohes, ungesittetes Volk, das nicht einmal gutes Deutsch sprechen kann. Und leider! nicht nur die untersten Klassen leiden an diesem Mangel, auch die besseren Stände haben einen Anstrich von eingeschränktem ungalantem Wesen und reden so elendes Deutsch, daß sie vor Fremden, um nicht erröten zu müssen, französisch sprechen. Das war der Reisepfennig, den man ihm nach Schwaben mitgab, und in dem jungen und romantischen Kopf des jungen Brandenburgers hatten diese Sagen sich endlich während der schönen Muße, die ihm die Sandkunststraßen und die schnapsenden Postillons seines Vaterlandes gönnten, so sonderbar gestaltet, daß er sich selbst wie einer jener wohlerzogenen, jungen Herren in einem Scottischen Roman erschien, die von den wehmütigen Erinnerungen an die feinsten Zirkel, an Theater und alle Genüsse der großen Welt erfüllt, von London ausreisen, um das *Hochland* und seine *barbarischen Bewohner* zu besuchen.

Doch, als die herrliche Welt jener Berge voll Obst und Wein und jene gesegneten Täler sich vor seinen Blicken auftaten, als die schönen Dörfer mit ihren roten Dächern, mit ihren reinlichen, fröhlichen Menschen seinem erstaunten Auge sich zeigten, als da und dort, zwischen prachtvollen Buchenwäldern eine alte Burg und ein Schloß mit schimmernden Fenstern auftauchte, da fiel er beinahe in das andere Extrem; er strömte über von Lob und Bewunderung und bemitleidete die arme, flache Mark, ihren kahlen Sandboden, ihre mageren Tannen und ihre bleichen Bewohner, von welchen vielleicht Tausende aus dem Leben gingen, ohne nur eine jener üppigen Trauben gesehen zu haben, die hier in unendlicher Fülle durch das grüne Laub schimmerten, und ein schwacher Trost für seinen Patriotismus war, daß die Natur seine Landsleute durch höhere Einsicht, eine wohllautendere Sprache und feinere Bildung in etwas wenigstens entschädigt habe.

Der junge Mann an seiner Seite schien übrigens, obgleich man seiner Sprache den südlichen Accent anfühlte, die Gesetze des Anstandes nicht minder gut zu verstehen als der Brandenburger; zum mindesten verriet keine seiner Fragen Neugierde, über dessen Stand, Vaterland und Reisezweck etwas zu erfahren, er benahm sich zuvorkommend, aber würdig, schien geneigter zu antworten als zu fragen, und übernahm es, ohne sich dadurch belästigt zu fühlen, den Fremden über

Namen und Geschichte der Burgen und Städte, die ihm auffielen, zu unterrichten.

So ruhig und kalt übrigens der junge Mann im Jagdkleid über diese Dinge Aufschluß gab, so waren es doch zwei Punkte, über welche er wärmer und länger sprach. Einmal, als sein Nebensitzer über die gute Gesellschaft in Schwaben einige seiner sonderbaren Begriffe preisgab, sah ihn der Grüne mit Verwunderung an, fragte ihn auch, ob er vielleicht auf einem andern Wege schon früher in Schwaben gewesen sei, und als jener es verneinte, erwiderte er:

»Ich weiß, man macht sich hin und wieder, besonders in Norddeutschland, sonderbare Begriffe von uns. Ob mit Recht, mögen Sie selbst entscheiden, wenn Sie einige Zeit in unserer Mitte verweilt haben. Doch möchte ich Ihnen raten, zuvor etwas unbefangener die mögliche Quelle solcher Urteile zu betrachten. Ich gebe zu, daß eine gewisse nachteilige Ansicht über mein Vaterland seit Jahrhunderten besteht; zum mindesten sind die Schwabenstreiche nicht erst in unseren Tagen bekannt geworden. Doch scheint ein großer Teil dieser aberwitzigen Dinge aus einer gewissen Eifersucht der Volksstämme hervorzugehen, und aus der Kleinstädterei, die von jeher in unserem lieben Deutschland herrschte. In Schwaben z. B. erzählt man alle jene Sonderbarkeiten, die andere uns aufbürden, von den Östreichern; daß aber dieses Vorurteil selbst in neueren Zeiten, selbst durch die Fortschritte der Kultur und das regere gesellige Leben nicht geschwächt wurde, hat zwei wichtige Gründe, die größere Schuld aber liegt nicht auf der Seite von Süddeutschland.«

»Bitte!« rief der brandenburgische Reisende etwas ungläubig, »ich sollte doch nicht denken –«

»Man beurteilt unsere Sitten nach meinen Landsleuten, die man in Norddeutschland sieht. Wenn nun diese auch die vernünftigsten Menschen wären, es würden ihnen doch zwei Mängel anhängen, die sie in Ihren Augen in Nachteil setzen. Einmal die Sprache –«

»Bitte!« erwiderte sein Gefährte verbindlich. »Nicht alle, Sie zum Beispiel drücken sich allerliebst aus.«

»Ich drücke mich aus, wie ich denke, und so macht es ein guter Teil meiner Landsleute auch, weil wir aber die Diphthongen anders aussprechen als ihr, die Endsilben entweder nach unserer altertümlichen Form ändern, oder im Sprechen übereilen, klingt euch unsere Sprache auffallend, hart, beinahe gemein. Die meisten Schwaben, die

Sie bei sich sehen, sind junge Männer, die von der Universität kommen und die Anstalten in Norddeutschland besuchen, oder Kaufleute, die ihr Handelsweg dahin führt. Diese Menschen legen nun Ihren Landsleuten durchaus ihren eigenen Maßstab an und tun sehr unrecht daran. In Ihrem Lande wird den äußeren Formen und dem Benehmen des Knaben und des Jünglings einige Aufmerksamkeit geschenkt, er wird sehr bald in die geselligen Kreise gezogen; bei uns findet dies vielleicht erst um acht oder zehn Jahre später statt.«

»Nun, das ist es ja gerade, was ich sagte«, entgegnete jener, »diese Formen gewinnt keiner durch sich selbst, und dies ist also ein Fehler Ihrer Erziehung –«

»Vorausgesetzt, daß jene Formen wirklich so trefflich, daß sie das sind, was dem zukünftigen Bürger eines Staates vor allem als nützlich und notwendig einzuimpfen ist.«

»Das soll es ja nicht! aber so auf dem Wege mitnehmen kann er sie doch wohl«, meinte der Fremde.

»Wenn er sie nur so mitnimmt, verliert er sie auch gelegentlich«, erwiderte der Schwabe. »Doch, das ist nicht der Punkt, wovon wir sprechen. Ich behaupte nur, man hat in Norddeutschland unrecht, unsere Sitten und unsere Gesellschaft nach Leuten zu beurteilen, die der Gesellschaft eigentlich noch nicht angehört hatten, die vielleicht in die Welt geschickt wurden, um ihre Sitten abzuschleifen. Oder wollten Sie nach einigen jungen Gelehrten, die gerade aus der Studierstube zu Ihnen kamen und sich vielleicht ungeschickt in Sprache und Manieren zeigten, die Landsleute dieser Menschen beurteilen?«

»Gewiß nicht, aber gestehen Sie selbst, man hört doch selbst von der guten Gesellschaft in Schwaben so sonderbare Gerüchte, von ihren Sitten und Gebräuchen, von ihren Frauen und Mädchen.«

»Vielleicht kaum so sonderbar«, versetzte der Jäger lächelnd, »als man bei uns von den Sitten Ihrer Damen hört; denn unsere Mädchen stellen sich die *norddeutschen* Damen gewiß immer mit irgendeinem gelehrten Buch in der Hand vor. Die zweite Quelle des Irrtums über mein Vaterland sind aber *Ihre* reisenden Landsleute und die eigentümlichen Verhältnisse unseres Familienlebens. In Norddeutschland fällt es nicht schwer, in Familienkreisen Zutritt zu bekommen, durch einen Bekannten zehn zu erwerben. In Schwaben ist es anders: man ist heiter, gesellig *unter sich* – der Fremde wird als etwas Fremdes angestaunt, aber eher vermieden als eingeladen, doch werden *Sie* für diese scheinbare Kälte immer eine Entschädigung finden. Ihre Landsleute öffnen die Tür, aber selten das Herz, meine Schwaben sind vorsichtiger, aber sie schließen sich an den, welchen sie liebgewonnen, mit einer Herzlichkeit an, die Sie bei künstlichen und verfeinerten Sitten umsonst suchen.«

»Und also liegt eine zweite Quelle unserer Vorurteile«, fragte der Fremde, »darin, daß meine Landsleute eigentlich gar nicht in Ihren besseren Kreisen einheimisch wurden?«

»Gewiß!« sagte der Nachbar. »Lernen Sie, wenn Ihnen das Glück wohlwill, in die Kreise unserer bessern Stände zu kommen, lernen Sie uns näher kennen, lassen Sie sich nicht durch Ihre eigenen Ansichten über Leben und Sitte durchaus leiten, und Sie werden ein gutes, herzliches Völkchen finden, gebildet genug, um, wenn man nur die rechte Saite anschlägt, sich mit den Gebildetsten zu messen, vernünftig genug, um die Grenzen guter Sitten festzuhalten, und das Lächerliche der Unsitte zu belächeln.«

Der Fremde aus der Mark lächelte. Er liebt sein Land, dachte er, und er verteidigt es mit Wärme, weil er es nicht sinken lassen will oder Besseres nie gesehen hat. Er entschuldigte bei sich die warme Verteidigung des Schwaben, aber dennoch konnte er es sich nicht versagen, einen kleinen Triumph über jenen zu feiern. Er machte ihn mit der Geläufigkeit der Zunge und jener Übung über ein *Nichts* schnell und vieles zu sprechen – die man im Norden unseres Vaterlandes häufiger als im Süden treffen soll – auf andere große Vorzüge aufmerksam, welche die nördlichen Provinzen Deutschlands vor den südlichen voraushaben. Er zählte immer zwanzig Schriftsteller und Dichter seiner Heimat gegen *einen* im Süden, und der Schwabe konnte endlich dem Schwall seiner Beredsamkeit nur dadurch Einhalt tun, daß er, als sie um eine Ecke der Landstraße bogen, auf die erhabenen Ruinen von Heidelberg hinwies; der Fremde betrachtete sie staunend und mit Entzücken. Ihre rötlichen Steinmassen waren von der sinkenden Herbstsonne noch höher gerötet, und der Abend ließ die Bäume und Gesträuche, die in den verfallenen Mauern wachsen, im dunkelsten, wundervollsten Grün erscheinen. Durch die hohen, offenen Fensterbogen blickte der schwärzliche Wald hervor, den Gipfel des Berges umzog jener duftige Schleier, welcher allen Gegenständen so eigenen geheimnisvollen Reiz verleiht, und von oben herab spiegelten sich die rötlichen Abendwölkchen und der dunkelblaue Himmel in den Fluten des Neckars.

»Und haben Sie solche Poesie in der Mark?« fragte der Jäger mit gutmütigem Lächeln.

Der Fremde schien es nicht zu hören, unverwandt hingen seine Blicke an diesem reizenden Schauspiel, er mochte fühlen, daß es sich an solchen Stellen über Poesie nicht gut streiten lasse.

Nach diesem Vorfall kehrte übrigens auf dem Gesicht des Jägers die vorige Ruhe und Unbefangenheit zurück, er stritt über keinen Gegenstand, schien sogar über manche Dinge sich behutsam auszudrücken.

Als aber das Gespräch unter den beiden Reisenden, da die hereinbrechende Nacht ihre Aufmerksamkeit auf die Gegend hemmte, auf einige neuere Ereignisse und auf Politik kam, schien es dem jungen Mann aus der Mark, obgleich er die Züge seines Nachbars nicht mehr gut unterscheiden konnte, sein Atem gehe schneller, seine Rede werde wärmer, kurz, man habe einen Punkt der Unterredung getroffen, welcher für den Schwaben von hohem Interesse sei. Man sprach von der Gestalt und der inneren Kraft Deutschlands. Mit einer gewissen Erbitterung zog jener eine Parallele zwischen jetzt und sonst, die nicht gerade zum Vorteil der neueren Zeit ausfiel. Der Fremde, dessen Grundsätze im ganzen nicht mit diesen Ansichten übereinstimmen mochten, gab ihm dennoch, nicht ohne einiges Selbstgefühl, die letzten Sätze zu. Unglücklicherweise fing er seinen Satz: »*Ich bin ein Preuße*« an, und reizte dadurch unwillkürlich den Unmut des jungen Mannes noch mehr auf. Denn dieser vergaß nun jede Rücksicht der Klugheit; mit einer Beredsamkeit, die an jedem andern Orte dienlich gewesen wäre, suchte er seine Meinung durchzuführen, und nichts war ihm zu hoch, das er nicht mit seinem eigenen Maßstab gemessen hätte. Der Preuße, der solche Leute nur vom Hörensagen und unter dem gefährlichen Namen »Köpenicker« kannte, erschrak über diese Äußerungen. Konnte nicht der Postillon, konnte nicht ein Passagier im Bauch des Wagens diese Reden vernommen haben! Spandau, Köpenick, Jülich und alle möglichen *festen Plätze* schwebten vor seiner aufgeregten Phantasie, und das beste Mittel, seinen Nachbar zum Stillschweigen zu bringen, schien ihm, wenn er sich in die Ecke drückte und sich schlafend stellte.

2

Als die beiden Reisenden am Morgen nach dieser gefährlichen Nacht erwachten, sahen sie in geringer Entfernung die Türme von Heilbronn aus dem Nebel tauchen. »Hier endet meine Fahrt«, sagte der Herr im grünen Rock, indem er auf die Stadt deutete, »und Ihnen danke ich es«, setzte er mit einem freundlichen Blick auf seinen Nachbar hinzu, »daß ich diesmal diesen Wagen ungern verlasse. Wie angenehm wäre mir noch ein Tag in Ihrer Gesellschaft vergangen!«

»Es ist mein Los schon seit vierzehn Tagen gewesen«, erwiderte der Brandenburger. »Der enge Raum macht nachbarlich, Menschen, welche vielleicht in einer größern Stadt, selbst wenn sie Zimmernachbarn gewesen wären, jahrelang unter sich kein Wort gewechselt hätten, treten sich nahe durch den so natürlichen Drang nach Mitteilung. Der Platz an meiner Seite wechselte öfter, als in einer Schlacht, doch darf ich mir Glück wünschen, Sie wenigstens so lange zu meinem Nachbar gehabt zu haben, denn so bin ich auf die angenehmste Weise in Ihr Vaterland eingeführt worden.«

»Werden Sie länger in Württemberg verweilen?«

»Ich besuche Verwandte meiner Mutter«, erwiderte der Fremde; »je nachdem sie und die Residenz mir gefallen, werde ich länger oder kürzer verweilen.«

»Wir werden uns schwerlich wiedersehen«, sagte der Grüne, »ich wüßte wenigstens nicht, was mich nach Stuttgart treiben sollte. Vergessen Sie aber nie, was ich Ihnen über den Charakter meiner Landsleute sagte. Können Sie nach ihrer Denkungsart, nach ihren Sitten sich ein wenig richten, so werden Sie überall gesucht und willkommen sein. Unsern Damen sind Sie dann als Fremder nur um so interessanter und unsern Männern – nun da kömmt es immer auf den Zirkel an, in welchem Sie leben; nur müssen Sie«, setzte er mit einem Lächeln hinzu, das zwischen Ironie und gutmütiger Freundlichkeit schwebte, »nie zu deutlich und fühlbar machen – –«

»Nun?« rief der Fremde erwartungsvoll, als jener innehielt.

»Daß Sie kein Deutscher, sondern ein Preuße sind.«

Das schmetternde Horn des Postillons und das Rasseln des schweren Wagens auf dem Steinweg übertönte die Antwort des Fremden. Den Passagieren ward in dieser Stadt eine kleine Rast vergönnt, und der

Fremde wollte seinen Nachbar vom Eilwagen noch einmal zum Frühstück einladen. Doch schon unter der Türe des Posthauses überreichte diesem ein alter Reitknecht mehrere Briefe; er riß den einen hastig, errötend auf und sein Reisegefährte bemerkte im Vorübergehen, daß es die Handschrift einer Dame sei. Der Fremde trat etwas verstimmt in dem Wirtshaus ans Fenster; er sah den Jäger angelegentlich mit seinem Diener sprechen und bald darauf führte man zwei schöne Pferde vor. In demselben Augenblick trat der grüne Herr eilends in den Saal, seine Augen suchten und fanden den Reisegefährten, er trat zu ihm, doch nur um schnell, aber herzlich von ihm Abschied zu nehmen, und so konnte ihn der Brandenburger zu seinem großen Verdruß nicht einmal nach dem Haus und der Familie Käthchens von Heilbronn fragen, eine Frage, die er sich unter seinen Reisenotizen aufgezeichnet und doppelt unterstrichen hatte. Doch der Anblick des Jägers, wie er sich so leicht in den Sattel des schönen, stolzen Pferdes schwang, wie er so majestätisch über den Markt hin sprengte, söhnten ihn mit der beinahe unhöflichen Hast aus, womit jener von ihm Abschied genommen hatte. Er gestand sich, selten eine so wohlgebaute Gestalt mit einem so schönen, ausdrucksvollen Gesicht vereint gesehen zu haben.

»Wer war dieser Herr im grünen Kleid?« fragte er den Kellner, der am andern Fenster dem Reiter nachblickte.

»Mit dem Namen kann ich nicht dienen«, antwortete jener; »ich weiß nur, daß man ihn ›Herr Baron‹ nennt, daß sein Vater einige Stunden von hier am Neckar Güter hat, und daß sie sehr reich sein sollen; in die Stadt kömmt er selten.«

Nicht ganz zufrieden mit dieser Erklärung setzte sich der junge Mann wieder in den Wagen. Sein Vater, der früher einmal in diesem Lande gewesen war, hatte ihm so viel Sonderbares von »schwäbischen Baronen« erzählt, daß er in seinem liebenswürdigen und gewandten Reisegefährten keinen solchen vermutet hätte. Sein neuer Nachbar, der ihm gleich in der ersten Viertelstunde vertraute, daß er ein Hopfenhändler aus Bayern sei, machte ihm den Verlust den er erlitten, nur um so fühlbarer, und da er am Hopfenbau wenig Unterhaltung fand, beschäftigte er sich damit, über den Charakter des jungen Mannes, der ihn verlassen hatte, nachzudenken und dann noch einmal alle Erwartungen und Hoffnungen zu durchlaufen, die er sich von seinen Verwandten, zu welchen er reiste, gemacht hatte. Von dem

Oheim versprach er sich für seine Unterhaltung wenig; er mußte nach seiner Berechnung ein vorgerückter Sechziger sein; mürrisch, ungesellig und eigensinnig hatte ihn sein Vater schon vor fünfundzwanzig Jahren gekannt, und solche Eigenschaften pflegen sich im Alter nicht zu verbessern. Desto mehr versprach sich der junge Mann von Fräulein Anna, seiner Cousine. Von einem seiner Freunde, der längere Zeit in Schwaben gelebt hatte, war sie ihm als eine Zierde dieses Landes genannt worden. Ein angenehmes, trauliches Verhältnis von fünf bis sechs Wochen schien ihm ganz wünschenswert, und so eifrig war seine Berechnung der Mittel, die ihm zu Gebot standen, sich liebenswürdig zu zeigen, so gewiß war er sich des Eindrucks bewußt, den seine Person, sein Wesen unfehlbar machen müsse, für so leicht zu erobern hielt er das Herz eines »Fräuleins in Schwaben«, daß ihm nicht einmal der Gedanke kam, die schöne Cousine Anna könne sich vielleicht schon versehen haben.

Er ließ sich, in der Residenz angekommen, sogleich nach dem Hause führen, wo sein Oheim sonst gewohnt hatte,

> aber mit dem Donnerworte
> ward ihm aufgetan,
> die du suchest –

wohnen schon seit langer Zeit auf einem Landgut, sie werden auch im nächsten Winter nicht zurückkehren, und selbst dies Haus gehört ihnen nicht mehr eigen.

Der Reisende aus Brandenburg war schnell entschlossen. Er benützte diesen Tag, um sich die freundliche Stadt zu betrachten, und eilte dann denselben Weg, welchen er hergekommen war, zurück, nach dem unteren Neckartal, wo der Landsitz seines Oheims lag.

Je näher er dieser reizenden Gegend kam, desto angenehmer war es ihm, daß er einige Wochen auf dem Lande zubringen sollte. Er wußte aus eigener Erfahrung, daß man auf dem Lande, abgeschnitten von den Zerstreuungen der Stadt und jener Formen enthoben, die man dort für schön und notwendig, hier für überflüssig und lästig hält, schnell bekannt und befreundet wird, daß man sich, auf eine kleine Gesellschaft beschränkt, schneller naherückt. – Etwa eine Stunde von dem Gut bog der Weg von der Hauptstraße ab. Der Kutscher, den er gemietet hatte, deutete auf einen Fußpfad, der in den

Wald lief; der Fahrweg wende sich um den ganzen Berg her, sagte er, doch auf diesem Pfad könne man zu Fuß in bei weitem kürzerer Zeit zum Schloß Thierberg hinaufgelangen. Der junge Mann stieg aus; er war bisher auf einem Bergrücken gefahren, sah nun eine mäßige, mit Wald bewachsene Anhöhe vor sich, und schloß, weil er gehört hatte, das Schloß seines Oheims liege im Neckartal, man müsse von dieser Höhe eine weite Aussicht in das Tal genießen. Er ließ den Wagen weiterfahren und stieg den Seitenpfad hinan. Ein Wald von prachtvollen Buchen nahm ihn auf. Nie hatte er diesen Baum so kräftig, so majestätisch gesehen, zwischendurch erblickte er hie und da Eichen und schöne Eschen und zu seiner nicht geringen Verwunderung Waldkirschbäume von ungewöhnlicher Höhe. Nach und nach wurde ihm das Steigen schwerer; der Berg schien sich auf einmal steiler zu erheben, und er war oft versucht, die unbequeme Eleganz zu verwünschen, in welche ihn sein Berliner Schneider gekleidet hatte. Endlich hatte er den Gipfel erreicht, aber noch öffnete sich keine Aussicht. Die Bäume schienen dichter zu werden, je mehr sich der Pfad wieder senkte, und als sich, um seine Ungeduld zu vermehren, der kleine Pfad in zwei noch kleinere teilte, die nach verschiedenen Richtungen liefen, schmälte er auf den Kutscher und auf seine eigene Torheit, die ihn verleitet hatten, in einem fremden Wald sich zu verirren. Er schlug endlich den Weg rechts ein und sah, nachdem er einige Hundert Schritte gegangen war, zu seiner großen Freude ein buntes Kleid durch das Laub schimmern.

Er verdoppelte seine Schritte und war nicht wenig betroffen, als er plötzlich vor einer jungen Dame stand, die im Schatten einer alten Eiche auf einer Bank saß. Sie hatte ein Buch in der Hand, von welchem sie, als sein Schritt in den abgefallenen Blättern rauschte, langsam und ruhig ihre schönen Augen erhob; doch auch sie schien betroffen, als es ein junger, städtisch gekleideter Herr war, den sie in dieser Einsamkeit vor sich sah; sie errötete flüchtig, aber sie senkte ihren Blick nicht, der fragend an dem unerwarteten Besuch hing. Der junge Mann verbeugte sich einigemal, ehe er recht wußte, was er sagen wollte. Ist wohl das schöne Mädchen Cousine Anna? war alles, was er in diesem Augenblick zu denken und sich zu fragen vermochte, und erst als er sich diese Frage schnell bejaht hatte, trat er näher zu der jungen Dame, die indessen ihr Buch schloß und von ihrem Bänkchen aufstand. »Bitte um Vergebung«, sagte er, »wenn ich Sie gestört haben sollte;

ich fürchte von dem Wege abgekommen zu sein. Kann ich hier nach dem Schloß des Herrn von Thierberg kommen?«

»Auf diesem Fußpfad nicht wohl, wenn Sie hier nicht bekannt sind«, erwiderte sie mit einer tiefen, aber klangvollen Stimme; »Sie haben oben einen Fußpfad links gelassen, der nach dem Schloß führt.« Sie verbeugte sich nach diesen Worten, und der junge Mann ging seinen Weg zurück; doch kaum hatte er einige Schritte gemacht, so zog ihn ein unwiderstehliches Gefühl zurück. Das schöne Mädchen stand noch einmal von ihrem Sitz auf, als sie ihn zurückkehren sah, doch diesmal schien Bestürzung ihre Wangen zu färben, und eine gewisse Ängstlichkeit blickte aus ihren großen Augen. Auf die Gefahr hin für unbescheiden zu gelten, fragte der Reisende, ob er vielleicht die Ehre gehabt habe, mit Fräulein von Thierberg zu sprechen?

»Ich heiße so«, antwortete sie etwas befangen.

»Eh bien, ma chère cousine!« sagte er lächelnd, indem er sich artig verbeugte; »so habe ich das Vergnügen, Ihnen Ihren Vetter Rantow vorzustellen.«

»Wie, Vetter Albert!« rief sie freudig, »so haben Sie endlich doch Wort gehalten? Wie wird sich der Vater freuen! Und was macht Onkel und die liebe Tante, und wie sind Sie gereist?« so drängte sich eine Frage nach der andern über die schönen Lippen, und Vetter Rantow fand, verloren in sein Glück eine schöne Muhme zu besitzen, keine Worte, alle nach der Reihe zu beantworten. Wie reizend, wie naiv klang ihm die Sprache! Er konnte nicht sagen, daß sie gegen irgendeine Regel des Stils gesündigt hätte, und doch deuchte es ihm, es seien ganz andere Worte, ganz andere Töne, als die er in seinem Vaterland gehört hatte. Er fühlte, er sei zu schnell gereist, als daß er allmählich auf diesen Kontrast vorbereitet worden wäre.

»Dies ist mein Lieblingsspaziergang«, sagte sie, indem sie langsam neben ihm herging. »Zwar ist der Weg im Tal noch angenehmer, der Neckar macht schöne Windungen, alte Burgen schmücken die Höhen – und die unsrige spielt dabei nicht die schlechteste Rolle, wenigstens was das Altertum betrifft – Dörfer und sogar ein Städtchen sieht man Tal auf und ab; aber der Rückweg ins Schloß hinauf ist dann so steil und mühsam, und auf der Straße gehen mir zu viele Leute. Der Wald hier liegt nicht höher als das Schloß, in einem halben Stündchen geht man herüber und ist dann so köstlich einsam, als säße man in seinem Boudoir bei verschlossenen Türen.«

»Bis dann der Zufall einen Vetter aus Preußen hereinwehen muß, der die köstliche Einsamkeit stört«, unterbrach sie Rantow.

»Im ganzen genommen«, fuhr sie fort, »ist es im Schloß gerade auch nicht geräuschvoll. Es ist so einsam als irgendein bezaubertes Schloß in ›Tausendundeinenacht‹. Außer der Dienerschaft und im hinteren Flügel dem Amtmann, den man nie zu sehen bekömmt, sind wir, der Vater und ich, die einzigen Bewohner; ja die Einsamkeit im Schloß ist oft so schrecklich und traurig, daß ich mich lieber in die Waldeinsamkeit flüchte, wo das Rauschen der Bäume und der Gesang der Vögel doch noch einiges Leben verkünden.«

3

Überrascht stand der junge Mann stille, als sie aus dem dichten Holz durch eine Wendung des Weges auf einmal dem Schloß gegenüberstanden. Die Bewohner des südlichen Deutschlands sind von Jugend auf an Anblicke dieser Art gewöhnt. Man trifft in Franken und Schwaben selten ein Tal von der Länge einiger Stunden, in welches nicht eine Burg oder zum mindesten »ein gebrochener Turm und ein halbes Tor« herabschauten. Die natürliche Beschaffenheit des Landes, die vielen Berge und kleinen Flüsse, überdies die eigentümliche Verfassung des zahlreichen Landadels begünstigten oder nötigten in früherer Zeit zu diesen befestigten Wohnungen. Aber der Norden unseres Vaterlandes trägt weniger Spuren dieser alten Zeit; die weiten Ebenen boten keine so natürliche Befestigung, wie die Felsen und Gebirgsausläufer des Süden, und hatte auch hier und dort eine solche Feste im platten Land gestanden, so war sie nur desto schneller dem Verfall und der Zerstörung preisgegeben. Die Nachbarn teilten sich brüderlich in die teuren Steine, und ihr Gedächtnis verwehte der Wind, der über die Ebene hinstrich. Darum war es dem jungen Mann aus der Mark ein so überraschender Anblick, sich in solcher Nähe einer dieser altertümlichen Burgen gegenüberzusehen, um so überraschender, da er durch diese düsteren, tiefen Tore als Gast einziehen, in jenem altertümlichen Gemäuer wohnen sollte. Doch bald erfüllte kein anderer Gedanke mehr als der malerische Anblick, der sich ihm darbot, seine Seele. Der alte schwärzlich graue Wartturm war auf der Mittagsseite von oben bis in den Graben hinab mit einem Mantel von Efeu umhängt. Aus den Ritzen der Mauer sproßten Zweige und grüne Ranken, und um das Tor zog sich ein breites Rebengeländer, dessen zarte Blätter und Fasern sich mit sanfter Gewalt um die rostigen Angeln und Ketten der Zugbrücke geschlungen hatten. Zur rechten Seite des Schlosses hinderte der dunkle Wald die Aussicht, aber links, an den hohen Mauern vorüber tauchte das Auge hinab in die Tiefe des schönen fruchtbaren Neckartals, schweifte hinauf, den Fluß entlang, zu Dörfern und Weilern und weit über die Weinberge hin nach fernen, blauen Gebirgen.

»Das ist unser Thierberg«, sagte das Fräulein; »es scheint, die Gegend habe einigen Reiz für Sie, Vetter, und ich möchte Ihnen wahrlich raten, recht oft aus dem Fenster zu sehen, um vor unserer Einsamkeit und diesem häßlichen alten Gemäuer nicht zu erschrecken!«

»Ein häßliches Gemäuer nennen Sie diese alte Burg?« rief der Gast; »kann man etwas Romantischeres sehen, als diese Türme mit Efeu bewachsen, diesen Torweg mit den alten Wappen, diese Zugbrücke, diese Wälle und Graben? Glaubt man nicht das Schloß von Bradwardine oder irgendein anderes aus Scottischen Romanen zu sehen? Erwartet man nicht, ein Sickingen, ein Götz werde uns jetzt eben aus dem Tor entgegentreten –«

»Für diesmal höchstens ein Thierberg«, erwiderte das Fräulein lachend, »und auch von diesen spukt nur noch einer in den fatalen Mauern. Dergleichen Türme und Zinnen liebe ich ungemein in einem Roman oder in Kupfer gestochen, aber zwischen diesen Mauern zu wohnen, so einsam, und winters, wenn der Wind um diese Türme heult und das Auge nichts Grünes mehr sieht, als jenen Eppich dort am Turm – Vetter! mich friert schon jetzt wieder, wenn ich nur daran denke. Doch kommt, Herr *Ritter,* das Burgfräulein will Euch selbst einführen.«

Der düstere, schattenreiche Hof, in welchen sie traten, kühlte etwas die warme Begeisterung des Gastes. Er sah sich flüchtig um, als sie durchhin gingen, und bemerkte, daß der Platz für ein Turnier denn doch nicht groß genug gewesen sein müsse, erschrak vor einem halb zerstörten Turm, dessen Rudera drohend über die Mauer hereinhingen, erstaunte über den scharfen Zahn der Zeit, der in die dicke Mauer mächtige Risse genagt und dem Auge eine freie Aussicht in das Tal hinab geöffnet hatte, und gab in seinem Herzen schon auf den ausgetretenen Stufen der Wendeltreppe, wo ein heftiger Zugwind durch schlecht verwahrte Fenster blies, der Bemerkung seiner Cousine über die Wohnlichkeit des Hauses vollkommen Beifall. Sechs bis acht Hunde begrüßten in einer großen, mit Backsteinen gepflasterten Halle das Fräulein mit freundlichem Klaffen und Wedeln und ein gefesselter Raubvogel, der in einer Ecke auf der Stange saß, stieß ein unangenehmes Geschrei aus und schwenkte die Flügel. »Das ist nun unsere Antichambre, unser Hofgesinde«, sagte Anna, indem sie lächelnd auf die Tiere zeigte; »verwünschte Prinzen und Prinzessinnen, die Sie entzaubern können. Doch lassen Sie uns jetzt eintreten«, setzte sie nach einer Weile ernster hinzu, »in diesem Zimmer ist der Vater.«

Sie öffnete eine hohe, schwere Flügeltüre und durch das altfränkisch ausstaffierte Gemach fiel der Blick des Jünglings auf einen alten Mann, der in einer tiefen Fensterwölbung saß, wie es schien, in ein Zeitungsblatt vertieft. Bei dem Gruß seiner Tochter sah er sich um, und als er den Fremden erblickte und Anna seinen Namen nannte, stand er auf und ging ihm langsam, aber festen Schrittes entgegen. Mit Bewunderung sah sein Neffe die hohe, gebietende Gestalt, die ihn unwillkürlich an jenen Wartturm dieser Burg erinnerte, den so viele Jahre nicht einzustürzen vermochten, und dessen Alter nur der Efeu anzeigte, der sich an ihm emporgeschlungen hatte. Zwar hatte die Zeit in diese fünfundsechzigjährige Stirne Furchen gegraben, um die Schläfe fielen dünne graue Haare und der Bart und die Augenbrauen waren silberweiß geworden, aber das Auge leuchtete noch ungetrübt, und der Nacken trug den Kopf noch so aufrecht, wie in jugendlicher Kraft, und die Hand gab einen beinahe kräftigeren Druck, als der Neffe zu erwidern vermochte.

»Bist willkommen in Schwaben«, sagte er mit tiefer, kräftiger Stimme; »'s war ein vernünftiger Einfall meiner Frau Schwester, daß sie dich herausschickte; mach dir's bequem; setz dich zu mir ans Fenster, und du, Anna, bringe Wein.«

So war der Empfang auf Thierberg; so herzlich und offen er aber auch sein mochte, so konnte doch der junge Mann mehrere Stunden lang ein gewisses unbehagliches Gefühl nicht verdrängen. Er hatte sich den Oheim ganz anders gedacht; er glaubte nach der Beschreibung, die ihm sein Vater gemacht hatte, einen rauhen, aber fröhlichen alten Landjunker zu finden, der seine Hasen hetzt, mit Laune die Händel seiner Bauern schlichtet, von seinen Kleppern gerne erzählt und zuweilen mit seinen Freunden und Nachbarn ein Glas über Durst trinkt;

er bedachte nicht, wie fünfundzwanzig Jahre und eine so verhängnisvolle Zeit, wie die, welche dazwischen lag, auf diesen Mann gewirkt haben konnten. Das ruhige, ernste Auge des Oheims, das prüfend auf seinen Zügen zu ruhen schien, die ungesuchten aber gründlichen Fragen, womit er den Neffen über sein bisheriges Leben und Treiben ins Gebet nahm, das ironische Lächeln, das hie und da bei einer Äußerung des jungen Mannes um seinen Mund blitzte, dies alles, und das ganze gewichtige Wesen des Alten, imponierten ihm auf eine Weise, die ihm höchst unbequem war; er konnte sich kein Herz fassen, den Oheim ebenso traulich zu behandeln, wie jener ihn, er kam sich vor wie ein angehender Staatsdiener, dem ein Minister Audienz gibt, und es war dies zu seinem nicht geringen Verdruß das zweite Mal, daß er sich über die »Landjunker in Schwaben« getäuscht sah.

Auch seine Base erschien ihm ganz anders, als er sie gedacht hatte. Er fand zwar alle jene liebenswürdige Natürlichkeit, jenes unbefangene, ungesuchte Wesen, was man ihm an den Töchtern dieses Landes gerühmt hatte, aber diese Unbefangenheit schien nicht aus Unwissenheit, sondern aus einem feinen, sichern Takt hervorzugehen, und was sie sprach, zeugte von einem so trefflich gebildeten Geist, daß ihre Natürlichkeit nur darin zu bestehen schien, daß sie alles Geistreiche, sei es witzig oder erhaben, wie etwas Natürliches, Angeborenes vorbrachte, daß es nie als etwas Erlerntes, als etwas Gesuchtes erschien. Am ärgerlichsten war es ihm, daß sie ihn schon nach den ersten Stunden zu durchschauen schien; die ausgesuchten Artigkeiten, die er ihr sagte, zog sie ins Komische, den feineren Komplimenten wich sie auf unbegreifliche Art aus, wollte er ihr nur den zarten, in Berlin gebildeten jungen Mann zeigen, so nannte sie ihn gewiß immer Herrn von Rantow. Und dennoch mußte er sich gestehen, daß er nie so viel Harmonie der Bewegung, der Miene, der Gestalt und der Stimme gesehen habe; ihr ganzes Wesen erschien ihm wie das Hauskleid, das sie jetzt eben trug. Es war einfach und von bescheidenen Farben, und dennoch kleidete es ihre feine, schlanke Gestalt mit jener geschmackvollen Eleganz, die auch dem anspruchslosesten Gewand einen geheimnisvollen Zauber verleiht; ein Toilettengeheimnis, worüber, soviel der junge Mann sich erinnerte, noch nie ein Modejournal Aufschluß gab und das ihm mehr das Zeichen und Symbol einer harmonischen Seele, als die Folge einer sorgfältigen Erziehung zu sein schien.

Dieselbe Übereinstimmung glaubte er zwischen dem alten Herrn und dem Gemach zu finden, in welches er zuerst geführt worden war. Es war der verblichene Glanz eines früheren Jahrhunderts, was ihm von den Wänden und Hausgeräten entgegenblickte. Die schweren gewirkten Tapeten, mit Leisten befestigt, die einst vergoldet waren und deren Farbe jetzt ins Dunkelbraune spielte; die breiten Armstühle mit ausgeschweiften, zierlich geschnitzten Beinen, die Polster, mit grellen Farben künstlich ausgenäht, mit Papageien, Blumentöpfen und den Bildern längst begrabener Schoßhündchen geziert. Wie manchen Wintertag mochten seine Ahnfrauen über dieser mühsamen Arbeit gesessen sein, die ihnen vielleicht einst für das Vollendetste galt, was der menschliche Geschmack je ersonnen, und die jetzt ihrem Urenkel geschmacklos, schwerfällig, und hätten sich nicht so ehrwürdige Erinnerungen daran geknüpft, beinahe lächerlich erschien. Und doch kam ihm dies alles, der ehrwürdigen Gestalt seines Oheims gegenüber, wie durch Altertum und langjährige Gewohnheit geheiligt vor. Er sah, man sei in Thierberg erhaben über den Wechsel der Mode, und wenn er hinzufügte, was ihm sein Vater über die mancherlei Unglücksfälle und die mißlichen Umstände, worin sich der Oheim befand, gesagt hatte, so fühlte er sich beschämt, daß er diese Umgebungen nur einen Augenblick habe grotesk und sonderbar finden können; er fühlte, daß er unverschuldeter Armut, wenn sie sich in so ernstem und würdigem Gewände zeige, seine Achtung nicht versagen könne, ja, vor diesen Wänden, diesem Geräte, und vor dem unscheinbaren, groben Hausrock des Oheims erschien er sich selbst, wenn er einen Blick auf seine modische und höchst unbequeme Tracht warf, wie ein Tor, beherrscht von einem Phantom, das ein Weiser lächelnd an sich vorübergleiten läßt.

Dies waren die Eindrücke, welche der erste Abend in Thierberg auf die Seele des jungen Rantow machte. So ernst sie aber am Ende auch sein mochten, so konnte er doch ein Lächeln nicht unterdrücken, als mit dem Schlage acht Uhr, den die alte Schloßuhr zögernd und zitternd angab, eine Flügeltüre am Ende des Zimmers aufsprang, ein kleiner Kerl in einem verschossenen, bortierten Rock, der ihm weit um den Leib hing, hereintrat, sich dreimal verbeugte und dann feierlich sprach: »Le souper est servi.«

»S’il vous plait«, sagte der Alte mit ernsthaftem Gesicht und einer Verbeugung zu seinem Neffen, reichte seinen Arm der schönen Anna und ging langsamen Schrittes dem Speisezimmer zu.

4

Mit den Flügeltüren des Speisesaales und dem ersten Blick, den er hineinwarf, hatte sich übrigens dem Gast aus Brandenburg ein weites Feld der Erinnerung geöffnet. Von diesem gemalten Plafond, der die Erschaffung der Welt vorstellte, von dem schweren Kronleuchter, den der Engel Gabriel als Sonne aus den Wolken herabhängen ließ, von den gelben Gardinen von schwerer Seide hatte ihm seine Mutter oft gesprochen, wenn sie von ihrem väterlichen Schloß in Schwaben und von dem ungemeinen Glanz erzählte, welcher einst durch ihre hochselige Frau Großmutter, die Tochter eines reichen Ministers, in die Familie und in die schöneren Appartements zu Thierberg gekommen sei. Schon seine Mutter hatte in ihrer Kindheit diese Prachtstücke mit großer Ehrfurcht vor ihrem Altertum betrachtet, und seit dieser Zeit hatten sie zum mindesten dreißig bis vierzig Jahre gesehen.

»Das ist der Familiensaal«, sagte während der Tafel der alte Thierberg, als er die neugierigen Blicke sah, womit sein Neffe dieses Gemach musterte. »Vorzeiten soll man es *die Laube* genannt haben, und meine Ahnherrn pflegten hier zu trinken. Mein Großvater selig ließ es aber also einrichten und schmücken; er war ein Mann von vielem Geschmack, und hatte in seiner Jugend mehrere Jahre am Hof Ludwigs XIV. zugebracht. Auch meine Frau Großmutter war eine prächtige Dame, und sie beide haben das Innere des Schlosses auf diese Art eingeteilt und dekoriert.«

»Am Hofe Ludwigs XIV.!« rief der junge Mann mit Staunen. »Das ist eine schöne Zeit her; wie mancherlei Gäste mag dieser Saal seit jener Zeit gesehen haben!«

»Viele Menschen und wunderbare Zeiten«, erwiderte der alte Herr. »Ja, es ging einst glänzend zu auf Thierberg, und unsere Gäste befanden sich bei uns nicht schlimmer, als bei jedem Fürsten des Reichs. Man konnte kein fröhlicheres Leben finden, als das auf diesen Schlössern, solange unsere Ritterschaft noch blühte. Da galt noch unser Ansehen, unsere Stimme; man war ein Edelmann so gut als der König von Frankreich, und ein Freiherr war ein freier Mann, der nichts über sich kannte als seinen gnädigen Herrn, den Kaiser, und Gott; jetzt –«

»Vater!« unterbrach ihn Anna, als sie sah, wie die Ader auf seiner Stirne anschwoll, und wie eine dunkle Röte, ein Vorbote nahenden Sturmes, auf seinen Wangen aufzog. »Vater!« rief sie mit zärtlichen Tönen, indem sie seine Hand ergriff, »nichts mehr über dies Thema; Sie wissen, wie es Sie immer angreift!« 656

»Törichtes Mädchen!« erwiderte der alte Herr, halb unwillig, halb gerührt von der bittenden Stimme seiner schönen Tochter; »warum sollte ein Mann nicht stark genug sein, nach Jahren von *dem* zu sprechen, was er zu dulden und zu tragen stark genug war? Der Vetter kennt nur unsere Verhältnisse, wie sie jetzt sind. Er ist geboren zu einer Zeit, wo diese Stürme gerade am heftigsten wüteten, und aufgewachsen in einem Lande, wo die Ordnung der Dinge längst schon anders war; er kann sich also nicht so recht denken, was die Vorfahren seiner Mutter waren, und deshalb will ich ihn belehren.«

Der Freiherr nahm nach diesen Worten sein großes Glas, auf dessen Deckel die sechszehn Wappenschilde seines Hauses, aus Silber getrieben, angebracht waren, und trank, um Kraft zu seiner Belehrung zu sammeln, einen langen, tüchtigen Zug. Doch Fräulein Anna sah an ihm vorüber den Gast mit besorglichen, bittenden Blicken an; er verstand diesen Wink und suchte den Oheim von dieser Materie abzubringen.

»Es ist wahr«, fiel er ein, noch ehe jener das Glas wieder auf den Tisch gesetzt hatte, »in Preußen sind die Verhältnisse anders und sind seit langer Zeit anders gewesen. Aber sagen Sie selbst, kann man ein Land in Europa finden, das meinem Vaterland gliche? Ich gebe zu, daß andere Länder an Flächeninhalt, an Seelenzahl uns bei weitem überwiegen, aber nirgends trifft man auf so kleinem Raum eine so kräftige, durch innere Tugend imponierende Macht: es ist das Sparta der neuen Zeit. Und nicht ein glücklicher Boden oder ein milder Himmel bewirkten so Großes; sondern der Genius großer Männer hat ein Preußen geschaffen, weil sie es verstanden, die schlummernden Kräfte zu wecken, dem Volke selbst zeigten, welche Stellung es einnehmen müsse; weil sie *Preußen* geworden sind, ist auch ein Preußen erstanden.«

Der alte Herr hatte seinem Neffen ruhig zugehört, bei den letzten Worten aber zog sich sein Gesicht zu solcher Ironie zusammen, daß der Brandenburger errötete. »Der Sohn meines Nachbars, des Generals von Willi, würde sagen, wenn er dich hörte: ›O Deutschland, Deutschland, da sieht man, wie dein Elend aus deiner eigenen Zersplitterung hervorgeht! sie wollen nicht mehr Griechen, sondern Platäer, Korinther, Athener, Thebaner und gar – Spartaner heißen!‹ Ich wünsche nur«, setzte er lächelnd hinzu, »daß die Spartaner nicht zum zweitenmal einen Epaminondas im Felde finden mögen. Die Schlacht bei Leuktra war kein Meisterstück der Kriegskunst unserer modernen Spartaner.«

»Unser Unglück bei Jena«, sagte der junge Mann verdrüßlich, »kann man weder dem Volk, noch dem König zuschreiben, und ich glaube, wir haben uns an Napoleon hinlänglich gerächt; wir haben nicht nur Deutschland wieder frei gemacht, sondern ihn selbst entthront.«

»So? Das seid *ihr* gewesen?« fragte der Oheim; »Gott weiß, ich tat bis jetzt sehr unrecht, daß ich dieses Ereignis der halben Million Soldaten zuschrieb, die man aus ganz Europa gegen ihn zusammenhetzte. Warst du vielleicht selbst mit dabei, Neffe? Du kannst wahrscheinlich als Augenzeuge reden?«

Der Neffe errötete und schickte einen ängstlichen Blick nach Anna, die ihr Lächeln kaum unterdrücken konnte. »Ich war damals noch auf der Schule«, antwortete er, »und es hat mich nachher oft geärgert, daß ich nicht mit dabei war. Ich gebe zu, daß die andern auch mitgeholfen haben, aber in allen Schlachten waren es nur die Preußen, die entschieden haben; denken Sie nur an Waterloo.«

»Sei überzeugt, ich denke daran«, erwiderte der alte Herr mit großem Ernst, »und denke mit Vergnügen daran. Wenn *einer* ein Feind jenes Mannes ist, so bin ich es; denn er hat uns und alles unglücklich gemacht, und das alte schöne Reich umgekehrt wie einen Handschuh. Aber das mit deinen Landsleuten weißt du denn doch nicht recht. Ich glaube schwerlich, daß eure jungen Soldaten, wenn sie auch wirklich so begeistert waren, wie man sagte, so viele Stöße auf ihr Zentrum ausgehalten hätten, als am achtzehnten Juni jene Engländer, die schon in allen Weltteilen gedient hatten.«

»Nicht die Jahre sind es«, sagte jener, »die in solchen Augenblicken Kraft geben, sondern das Selbstbewußtsein, der Stolz einer Nation und die Begeisterung des Soldaten für seine Sache; und die hat der Preuße vollauf.«

»Ich habe in meiner Jugend auch ein paar Jahre gedient«, entgegnete der Oheim, »Anno 85 bei den Kreistruppen. Damals waren die Soldaten noch nicht begeistert, darum kenne ich das Ding nicht. Nächstens wird mich aber mein Nachbar, der General, besuchen, mit diesem mußt du darüber sprechen.«

»Wie dem auch sei«, fuhr der Gast fort, »es freut mich innig, daß Sie über den Hauptpunkt, über den Unwillen gegen die Franzosen und im Haß gegen diesen Korsen, mit mir übereinstimmen. Bei uns zu Hause behauptet man, daß er in Süddeutschland leider noch immer als eine Art Heros angesehen, und es ist lächerlich zu sagen, von vielen sogar als ein Beglücker der Menschheit verehrt werde.«

»Sprich nicht zu laut, Freund!« erwiderte der alte Herr, »wenn du es nicht mit dieser jungen Dame hier gänzlich verderben willst. Sie ist gewaltig *napoleonisch* gesinnt.«

»Sie werden darum nicht schlechter von mir denken«, sagte Anna hocherrötend, »weil ich einen Mann nicht geradehin verdammen mag, dessen unverzeihlicher Fehler der ist, daß er ein großer Mensch war.«

»Großer Mensch!« rief der Alte mit blitzenden Augen, »den Teufel auch, großer Mensch! was heißt das? Daß er den rechten Augenblick erspähte, um wie ein Dieb eine Krone zu stehlen? Daß er mit seinen Bajonetten ein treffliches Reich über den Haufen warf, seine herrliche, natürliche Form zertrümmerte, ohne etwas Besseres an die Stelle zu setzen, großer Mensch!«

»Sie sprechen so, weil –«

»Anna, Anna!« fiel er seiner Tochter in die Rede, »meinst du, ich spreche nur darum so, weil er uns elend machte? weil er dieses Tal und diesen Wald mir entriß, weil er diese Menschen, die mir und meinen Ahnen als ihren Herren dienten, an einen andern verschenkte? Weil die ungebetenen Gäste, die er uns schickte, das bißchen aufzehrten oder einsteckten, was mir noch geblieben war? Es ist wahr, an jenem Tage, wo man ein fremdes Siegel über das alte Wappen der Thierberge klebte, wo man mein Vieh zählte und schätzte, meine Weinberge nach dem Schuh ausmaß, meine Wälder lichtete und die erste Steuer von mir eintrieb, an jenem Tage sah ich nur mich und den Fall meines Hauses; aber ging es der ganzen Reichsritterschaft besser, mußten wir nicht sogar erleben, daß ein Mann von der Insel Korsika erklärte, es gebe keinen deutschen Kaiser und kein Deutschland mehr?«

»Gott sei es geklagt«, sagte der junge Rantow, »und uns wahrhaftig hat er es nicht besser gemacht.«

»Ihr, gerade ihr seid selbst schuld daran«, fuhr der alte Herr immer heftiger fort. »Ihr hattet euch längst losgesagt vom Reich, hattet kein Herz mehr für das Allgemeine, wolltet einen eigenen Namen haben und tatet euch viel darauf zugut. Ihr sahet es vielleicht sogar gern, daß man uns Schaft für Schaft entzweibrach, weil man uns fürchtete, solange die übrigen Speere ein Band umschlang. Habt ihr nicht gesehen, wie weit es kam, als man in Sparta jeden Griechen einen Fremden nannte? Verdammt sei dieses Jahrhundert der Selbstsucht und Zwietracht, verdammt diese Welt von Toren, welche Eigenliebe und Herrschsucht Größe nennt!«

»Aber lieber Vater –« wollte das Fräulein besänftigend einfallen, doch der alte Herr war nach seinen letzten Worten schnell aufgestanden, und der kleine Mensch in der thierbergischen Livree eilte auf seinen Wink mit zwei Kerzen herbei.

»Gute Nacht«, wandte er sich noch einmal zu seinem Neffen; »stoße dich nicht daran, wenn du mich zuweilen heftig siehst; 's ist so meine Natur. Schlafet wohl, Kinder!« setzte er ruhiger hinzu, »wenn die Gegenwart schlecht ist, muß man von besseren Zeiten träumen.« Anna küßte ihm gerührt die Hand, und die erhabene Gestalt des alten Herrn schritt langsam der Türe zu. Rantow war so betroffen von allem, was er gehört und gesehen, daß es ihm sogar entging, welche komische Figur der Diener machte, der seinem Herrn zu Bette leuchtete. Die weite Staatslivree, die er trug, hing beinahe bis zum Boden herab, und die langen bortierten Aufschläge bedeckten völlig die Hände, welche die silbernen Leuchter trugen. Er war anzusehen wie ein großer Pilgrim, der einen Kalvarienberg hinan auf den Knien rutscht. Um so erhabener war der Kontrast des Mannes, der ihm folgte; er erschien, als er durch den altfränkischen Saal unter den Familiengemälden seiner Ahnen vorbeischritt, wie ein wandelndes Bild »der guten alten Zeit«.

Als der alte Herr das Gemach verlassen hatte, stand das Fräulein mit einer Verbeugung gegen ihren Gast auf und trat in ein Fenster. Der junge Mann fühlte an ihrem Schweigen, daß er diesen Abend Saiten berührt haben müsse, die man anzutasten sonst vielleicht sorgfältig vermied. Sie blickte hinaus in die Nacht und Rantow trat an ihre Seite; er hatte oft erprobt, wie sich Mißverständnisse leichter lösen, wenn man sie in einen Scherz kehrt, als wenn man mit Ernst oder Wehmut darüber spricht. Mit solch einem Scherz wollte er Anna versöhnen; doch als er zu ihr ans Fenster trat, war der Anblick, der sich ihm darbot, so überraschend, daß kein heiteres Wort über seine Lippen schlüpfen konnte. Das tiefe, schwärzliche und doch so reine Blau, das nur ein südlicher Himmel im Mondlicht zeigt, hatte er noch nie gesehen. Über Wald und Weinberge herab goß der Mond seltsame Streiflichter und im Tal schimmerten seinen Glanz nur die zitternden Wellen des Neckars und die Spitze des dunkeln Kirchturms zurück. Der falbe Schein dieses Lichtes der Nacht hatte Annas Züge gebleicht und in ihren schönen Augen schwamm eine Träne. Jetzt erst, als alles so still und lautlos war, vernahm man aus der Ferne die gehaltenen Töne einer Flöte, und diese Klänge verbanden sich so sanft mit dem milden Schimmer des Mondes, daß man zu glauben versucht war, es seien *seine* Strahlen, die so melodisch sich auf die Erde niedersenkten. Ein seliges Lächeln zog über Annas Gesicht; ihr glänzender Blick hing an einer Waldspitze, die weit in das Tal vorsprang und ihre tieferen Atemzüge schienen der Flöte zu antworten.

»Wie prachtvoll ist selbst die Nacht in Ihrem Tal«, sprach nach einer Weile der Gast. »Wie schön wölbt sich der Himmel darüber hin, und der Mond scheint nur für diesen stillen Winkel der Erde geschaffen zu sein.«

Anna öffnete das hohe Bogenfenster. »Wie warm und mild es noch draußen ist!« sagte sie, indem sie freundlich in das Tal hinabschaute. »Kein Lüftchen weht.«

»Aber die Bäume neigen sich doch her und hin«, erwiderte er, »sie rauschen, gewiß vom Wind bewegt.«

»Kein Lüftchen weht!« wiederholte sie und hielt ihr weißes Tuch hinaus. »Sehen Sie, nicht einmal dieses leichte Tuch bewegt sich. Und kennen Sie denn nicht die alte Sage von den Bäumen? Nicht der Nachtwind ist es, der ihre Blätter bewegt, sie flüstern jetzt und erzählen sich, und wer nur ihre Sprache verstünde, könnte manches Geheimnis erfahren.«

»Vielleicht könnte man dann auch erfahren, wer der Flötenspieler ist«, sagte der Vetter, indem er Anna schärfer ansah; denn schon war er so eifersüchtig auf seine schöne Base geworden, daß ihm die süßen Töne vom Wald her und ihr Tuch, das sie noch immer aus dem Fenster hielt, in Wechselwirkung zu stehen schienen.

»Das kann ich Ihnen auch ohne die Bäume verraten«, erwiderte sie lächelnd, indem sie das Tuch zurücknahm. »Das ist ein munterer Jägerbursche, der seinem Mädchen einen guten Abend spielt.«

»Dazu ist aber die Entfernung doch beinahe zu groß«, fuhr er fort, »manche Töne werden nicht ganz deutlich.«

»Im Dorf unten hört man es besser als hier oben«, sagte sie gleichgültig und schloß das Fenster; »überdies sagt ja das Sprichwort: das Ohr der Liebe hört noch weiter als der Argwohn.«

»Schön gesagt«, rief der junge Mann, »doch das *Auge* des Argwohns sieht weiter, als das der Liebe.«

»Sie haben recht«, entgegnete sie, »aber nur bei Tag, nicht bei Nacht.«

Diese, wie es schien, ganz absichtlos gesagten Worte überraschten den jungen Mann so sehr, daß er beschämt die Augen niederschlug. Er warf sich seine Torheit vor, daß er nur einen Augenblick glauben konnte, es sei ein Liebhaber dieses arglosen Kindes, der dort im Walde musiziere.

»Und nun gute Nacht, Vetter«, fuhr Anna fort, indem sie eine Kerze ergriff. »Träumen Sie etwas recht Schönes, man sagt ja, der erste Traum in einem Hause werde wahr; Hanns! leuchte dem Herrn Baron ins rechte Turmzimmer! Und dies noch«, setzte sie auf französisch hinzu, als der Diener näher trat; »vermeiden Sie mit meinem Vater über Dinge zu sprechen, die ihn so tief berühren. Er ist sehr heftig, doch gilt sein Zorn nie der Person, sondern der Meinung. Es war *meine* Schuld, daß ich Sie nicht zuvor unterrichtet habe, morgen will ich nähere Instruktionen erteilen; – gute Nacht!«

Sinnend über dieses sonderbare und doch so liebenswürdige Wesen folgte der Gast dem Diener, und die dumpfhallenden Gänge und Wendeltreppen, das vieleckigte, in wunderlichen Spitzbogen gewölbte Gemach, das altertümliche Gardinenbette, so manche Gegenstände, die er sonst aufmerksam betrachtet hätte, blieben diesmal ohne Eindruck auf seine Seele, die nur eifrig beschäftigt war, den Charakter und das Benehmen Annas zu prüfen und zu mustern.

5

Als der Gast am folgenden Morgen nach einer sorgfältigen Toilette hinabging, um mit seinen Verwandten zu frühstücken, konnte er sich anfänglich in dem alten Gemäuer nicht zurechtfinden. Ein Diener, auf welchen er stieß, führte ihn dem Saal zu, und an den Gängen und Treppen, die er durchwandern mußte, bemerkte er erst, was ihm gestern nicht aufgefallen war, daß er im entlegensten Teil dieser Burg geschlafen habe. Auf sein Befragen gestand ihm der Diener, daß sein Gemach das einzige sei, das man auf jener Seite noch bewohnen könne, und außer dem Wohnzimmer mit den gewirkten Tapeten, dem Schlafzimmer des alten Herrn, dem Saal, dem kleinen Zimmerchen in einem andern Turm, wo Fräulein Anna wohne, sei nur noch das ungeheure Bedientenzimmer, das früher zu einer Küche gedient habe, und die Wohnung des Amtmanns einigermaßen bewohnbar; die übrigen Gemächer seien entweder schon halb eingestürzt, oder werden zu Fruchtböden und dergleichen benützt. Der stolze Sinn des Oheims und die fröhliche Anmut seiner Tochter standen in sonderbarem Widerspruch mit diesen öden Mauern und verfallenen Treppen, mit diesen sprechenden Bildern einer vornehmen Dürftigkeit. Der junge Mann war, wenn nicht an Pracht, doch an eine gewisse reinliche Eleganz in seiner Umgebung selbst an den Treppen und Wänden gewöhnt, und er konnte daher nicht umhin, seine Verwandten, die in so großer, augenscheinlicher Entbehrung lebten, für sehr unglücklich zu halten. Das romantische Interesse, das der erste Anblick dieser Burg für ihn gehabt hatte, verschwand vor dieser traurigen Wirklichkeit, und wenn er sich dachte, wie die Mauerrisse und Spalten, durch welche jetzt nur die warme Morgensonne hereinfiel, den Stürmen des Winters freien Durchgang lassen mußten, war ihm Annas Furcht vor dieser Jahrszeit wohl erklärlich.

»Und ein so zartes Wesen diesen rauhen Stürmen ausgesetzt«, sagte er zu sich, »ein so reicher und gebildeter Geist ohne Umgang, vielleicht ohne Lektüre, einen ganzen Winter lang in diesen Mauern vom Schnee und Wetter gefangengehalten, einsam bei dem ernsten, feierlichen, alten Mann! Und dieser ehrwürdige Alte, der einst bessere Tage gesehen, durch die Ungunst der Zeit in unverschuldete Dürftigkeit und Entbehrung versetzt!« Von so gutmütiger Natur war das Herz des jungen Mannes, daß er vor der Türe des Saales halb und halb den Entschluß faßte, um die schöne Anna zu freien, sie in die Mark zu führen, oder wenn ihm das Leben in Schwaben besser gefallen sollte, mit ihr in die Residenz zu ziehen und für den Sommer Thierberg wieder instand setzen zu lassen.

Der Alte empfing ihn mit einem herzlichen Morgengruß und derben Händedruck, und Anna erschien ihm heute noch freundlicher und zutraulicher, als gestern. Das Tagewerk der Knechte wurde in seiner Gegenwart angeordnet und mit Wonne sah er Anna eine Geschäftigkeit im Hauswesen entfalten, die er der feingebildeten jungen Dame nicht zugetraut hätte. Auch über ihre eigenen Geschäfte sprachen die Bewohner des Schlosses. Der Alte wollte vormittags mit seinem Verwalter rechnen, Anna den Gast unterhalten und einen Spaziergang mit ihm ins Tal hinab machen. Nach Tisch wollte sie bei einigen Damen in der Nachbarschaft Besuche abstatten, der Alte das Stück Wald, das ihm noch eigen gehörte, mustern und Albert sollte ihn begleiten. Der Abend sollte sie alle zum Spiel vereinigen. So angenehm dem jungen Mann die Aussicht war, einen ganzen Vormittag mit der schönen Cousine zu verleben, so erschreckte ihn doch ein so langer Waldspaziergang mit dem ernsten Oncle, der alle Augenblicke die sonderbarsten, vielseitigsten Kenntnisse verriet und in so hohem Alter noch ein Wortgedächtnis hatte, vor welchem jenem graute. »Wie, wenn er dich den ganzen Nachmittag ausfragte, was du gelernt hast!« sagte er zu sich. »Wie schnöde wird es dann an den Tag kommen, welche Lehrstühle und Säle in Berlin du *nicht* besucht, und wie schnell wird er ahnen, *welche* du besucht hast.« Einiger Trost für ihn war seine geläufige Zunge und ein wenig Disputierkunst, das einzige, was ihm von seinem Hofmeister übriggeblieben war. Doch wie einen zum Galgen Verdammten das Henkermahl noch erfreut, das ihm der Nachrichter zu- und anrichten muß, so richtete sich seine geängstigte Seele an der schönen Gegenwart auf. Und welcher Himmel ging ihm erst auf, als der Oncle, nachdem er schon Hut und Stock ergriffen hatte, sich noch einmal zu seinem Neffen wandte. »Noch etwas!« sagte er zu ihm, »solange Thierberg steht, ist es Sitte, daß die nächsten Verwandten gleicher Linie mit du unter sich reden; ich denke du wirst mit Anna keine Ausnahme machen, weil du hundert Meilen nördlicher geboren bist.«

Anna lächelte und schien es ganz in der Ordnung zu finden, aber mit freudeglühenden Wangen sagte der junge Mann zu; dankbar blickte er dem alten Oheim nach, der ihm in diesem Augenblick wie ein Bote der Liebe erschien. Leider vergaß er dabei, daß dieses *Du* nicht das süße, heimliche Du der Liebe sei, und daß ein so nahes Verhältnis zwar der Freundschaft förderlich, für die entstehende Liebe aber ein Hindernis sein könnte.

»Und du wolltest mir gestern abend noch Instruktionen geben«, sagte er, indem er sich in das Fenster zu dem Fräulein setzte. »Es ist mir angenehm, wenn du mir recht viel vom Oncle sagst, ich habe ihn mir durchaus anders gedacht, und daher kam nun wohl gestern abend mein Mißgriff.«

»Wie hast du dir ihn denn gedacht?« fragte Anna.

»Nun, ich setzte mir aus dem, was Mutter und Vater erzählten, ein Bild zusammen, das nun freilich nicht paßt. Seit mein Vater Kammer-junker an eurem Hofe war und nachher die Mutter nach Preußen heimführte, mögen es doch etwa dreißig Jahre sein. Damals war wohl Oncle etwa fünf- bis sechsunddreißig Jahre alt und man nannte ihn noch immer den Junker, denn der Großvater Thierberg lebte noch. Mein Vater beschreibt ihn nun gar komisch, wenn er auf ihn zu sprechen kommt. Er war hier im Schloß aufgewachsen, unter der Aufsicht seines Herrn Papa und seiner Frau Mama. Die guten Groß-eltern könnte ich malen. Sie müßten in den geblümten und ausgenäh-ten Fauteuils sitzen, aufrecht und anständig frisiert; die Großmama in einem blauseidenen Reifrock, der Großpapa in einem verschossenen Hofkleid. Sie sind die regierende Familie in ihrem Land, der Amtmann und der Pastor ihr Hofstaat. Der Erbprinz lernte hier nicht viel mehr, als sich anständig verbeugen, die Hand küssen, reiten und jagen, und die Prinzessinnen sollen ihn an Bildung weit übertroffen haben. Die zwei Jahre Garnisonsleben bei den Reichstruppen hatten ihn nicht gerade verfeinert, und so soll er immer zur größten Lust der Verwand-ten gedient haben, wenn er um die Zeit, da man alljährlich die Remon-tepferde von Leipzig brachte, in die Residenz kam. Meine Mutter wurde damals bei Oncle Wernau erzogen und mein Vater kam täglich in das Haus. Wenn dann dein Vater im Herbst zu Besuch kam, ver-hehlte er nicht, daß er nur gekommen sei, um die schönen Remonte-pferde zu betrachten, zog den ganzen Tag bei Bereitern und in den Ställen umher, freute sich, mit seiner großen Pferdekenntnis glänzen zu können, und unterhielt abends die glänzende Gesellschaft bei Wernaus durch sein sonderbares Wesen, das zwar nie linkisch oder unanständig, aber im höchsten Grad naiv, ungezwungen und komisch war. Mein Vater sagte oft: ›Er war ein Bild der guten alten Zeit, nicht jener steifen Zeit, wo man den Hofton und die Reifröcke in jedem Winkel des Landes affektierte, sondern einer viel früheren. Er war das Muster eines schwäbischen Landjunkers.‹«

Der junge Mann hielt inne in seiner Beschreibung, als er sah, daß seine Zuhörerin lächelte. »Du findest vielleicht diese Züge unwahr«, sagte er, »weil sie auf heute nicht mehr passen und doch versichere ich –«

»Mir fiel nur«, erwiderte sie, »als du dies das Bild eines schwäbischen Landjunkers nanntest, jenes Buch ein, das beinahe mit denselben Zügen einen Landjunker in – Pommern schildert. Du versetzt nun dieses

Bild in mein Vaterland, in dieses Schloß sogar; sonderbar ist es übrigens, daß beinahe kein Zug mehr zutrifft. In dem gut gemalten Bild eines Jünglings muß man sogar die Züge des Greisen wiedererkennen, doch hier –«

»Das wollte ich ja eben sagen; ich fand den Oncle so ganz und durchaus anders, daß ich selbst nicht begreifen konnte, wie er einst jener muntere, naive Junge habe sein können.«

»Ich spreche ungern mit Männern über Männer, ich meine, es passe nicht für Mädchen«, nahm Anna das Wort, »über meinen Vater vollends habe ich nie – *beinahe* nie gesprochen«, setzte sie errötend hinzu, »doch mit dir will ich eine Ausnahme machen. *Ich* zwar kenne den Vater nicht anders, als wie er jetzt ist; es ist möglich, daß er vor dreißig Jahren etwas anders war, aber bedenke, Vetter Albert, durch welche Schule er ging! Alles, alles was ihm einst lieb und wert war, hat diese furchtbare Zeit niedergewühlt. Oder meinst du, jene Verhältnisse, so sonderbar und unnatürlich sie vielleicht erscheinen, seien ihm nicht teuer gewesen? Wie oft, wenn die alten Herren von der vormaligen Reichsritterschaft im Saal waren und sich besprachen über die gute alte Zeit, wie oft hätte ich da weinen mögen aus Mitleid mit den Greisen, die sich nun so schwer in diese neuen Gestaltungen finden!«

»Aber ging es ganz Europa besser? denke an Spanien, Frankreich, Italien, Polen und das ganze Deutschland«, erwiderte der Gast.

»Ich weiß, was du sagen willst«, fuhr sie eifrig fort, »man soll über dem Unglück und der Umwühlung eines Weltteils so kleine Schmerzen vergessen; aber wahrlich, so weit sind wir Menschen noch nicht. Auf diesen Standpunkt erhebe sich wer kann, und ich meine, er wird auch in seiner Großherzigkeit wenig Trost, weder für sich noch für das Allgemeine finden. Und ich möchte überdies noch behaupten, daß unter allen, die überall gelitten haben, vielleicht gerade diese Ritterschaft nicht am wenigsten litt. Andere Wunden, die man nur dem Vermögen schlägt, heilen mit der Zeit, doch wo, nicht durch Revolution, sondern im Namen gesetzlicher Gewalt, so alte, lang gewöhnte Bande zersprengt, und Formen, die auf ewig gegründet schienen, zertrümmert werden, das eine Stück hierhin das andere dorthin gerissen – da werden die teuersten Interessen in innerster Seele verwundet. Wenn so die alten Hauptleute und Räte der Ritterschaft, einige Komturs und deutsche Ritter um die Tafel sitzen, so glaubt man oft Gespenster, Schatten aus einer andern Welt zu sehen. Doch wenn man dann bedenkt, daß dies alles, was sie einst erfreute, so lange vor ihnen zu Grabe ging, und diese Titel von der jungen Welt nicht mehr verstanden werden, so kann man mit ihnen recht traurig werden.«

»Es ist wahr«, bemerkte der Gast, »und man muß gerecht sein; sie wurden von früher Jugend in der Achtung und im ritterlichen Eifer für jene alten Formen erzogen, glänzten vielleicht eben im ersten Schimmer einer neuen Amtswürde, als das Unglück hereinbrach und alles auflöste; und wie schwer ist es, alten Gewohnheiten zu entsagen, alte Vorurteile abzulegen!«

»Um so schwerer«, setzte Anna hinzu, »wenn man ein Recht und gesetzliche Ansprüche darauf zu haben glaubt. Hätte man jene Bande sanft gelöst, man würde sich nach und nach gewöhnt haben; so aber war es das Werk eines Augenblicks. Vermögen, Ansehen und Würden gingen zugleich verloren und mancher wurde geflissentlich gekränkt. So wurde der Unmut über die Veränderungen zur Erbitterung. Der Vater hat oft erzählt, wie sie ihm an *einem* Tage alle Familienwappen von den Wänden gerissen, das Vieh geschätzt, Pferde weggeführt, die Braupfannen versiegelt und für Staatseigentum erklärt haben; die Mutter war krank, der Vater außer sich gebracht durch höhnische Behandlung der neuen Beamten, und um das Unglück vollkommen zu machen, legten sie fünfundsiebzig Franzosen in dieses Schloß, die nicht plündern, aber ungestraft stehlen durften, und wenn sie weiterzogen, nur ebenso vielen neuen Gästen Platz machten.«

»Wahrhaftig!« rief Albert, »ein solches Schicksal hätte wohl auch den fröhlichsten Junker ernst machen müssen!«

»Wie es ging, weiß ich nicht; nur so viel nahm ich mir aus Gesprächen ab, daß er seit jener Zeit ganz verändert sei. Er hielt sich meistens zu Hause, las viel und studierte manches. Er gilt jetzt in der Gegend für einen Mann, der viel weiß, und muß in manchen Fällen Rat geben. Doch um auf die Instruktionen zu kommen, die ich dir erteilen wollte, so kannst du sie aus dem, was ich dir erzählte, selbst abnehmen. Berühre nie die früheren politischen Verhältnisse, wenn du ihn nicht wehmütig machen willst, sprich nie von dem Kaiser –«

»Von welchem Kaiser?« unterbrach sie der Vetter.

»Nun von Napoleon, wollte ich sagen; er sieht ihn als den Urheber aller seiner Leiden an, und wenn etwa der General in diesen Tagen kommen sollte, laß dich in keinen politischen Diskurs ein; sie sind schon oft heftig aneinandergeraten.«

»Wer ist denn der General«, fragte Albert, »hat nicht dein Vater mich gestern aufgefordert mit ihm über die neuere Kriegszucht zu sprechen?«

»Der General Willi ist unser Nachbar«, erwiderte Anna, »und wohnt eine halbe Stunde von hier, den Neckar abwärts. Er gehört so sehr der neueren Zeit an, als der Vater der alten, und ich kann ihm seine Art zu denken ebensowenig verargen, als meinem Vater. Er machte in den früheren Feldzügen eine sehr schnelle Karriere und der Kaiser selbst soll ihn im Feldzug von 1809 beredet haben, unsern Dienst zu verlassen und in die Garde zu treten. Er war mit in Rußland, wurde bei Chalons gefangen und zog sich nachher gänzlich zurück. Hier hat er nun ein Gut gekauft, ist ein sehr vermöglicher Mann und lebt im Stillen seinen Erinnerungen. Du kannst dir denken, daß ein Mann, der in solchen Verhältnissen seine schönsten Jahre lebte, wohl auch noch heute von der Sache, für welche er einst focht, eingenommen ist; er ist, was man so nennt, ein eigensinniger Napoleonist, und hat wenigstens so gut als irgendeiner Grund dazu.«

»Wenn er ein Franzose wäre«, entgegnete Albert, »dann möchte es ihm hingehen. Aber für einen Deutschen schickt es sich doch wahrhaftig nicht. Es war keine *Sache,* für welche er focht, sondern ein Phantom.«

»Streiten wir nicht darüber«, fiel ihm Anna ins Wort. »Ich bin überzeugt, wenn du diesen liebenswürdigen, edlen Mann kennenlernst, wirst du ihm seinen Enthusiasmus vergeben.«

»Wie alt ist er denn?« fragte jener befangen.

»Ein guter Fünfziger«, erwiderte Anna lächelnd. »Mir aber scheint er, wie gesagt, für seine Gesinnungen ein so gutes Recht zu haben als der Vater. Wurde ja doch auch, was *ihm* groß und erhaben deuchte, zerstört und verhöhnt, und du weißt, daß dies nicht der Weg ist, die Menschen mit dem Neueren auszusöhnen. Die beiden Herren haben große Zuneigung zueinander gefaßt, obgleich sie in ihren Meinungen so schroff einander gegenüberstehen. Oft kömmt es unter ihnen zu so heftigem Streit, daß ich immer einmal einen wirklichen Bruch der nachbarlichen Verhältnisse voraussehe. Ich glaube, wenn mehr Damen zugegen wären, würde es nie so weit kommen, aber leider hat auch der General vor einigen Jahren seine Frau verloren. Sie war eine treffliche Frau, und meine Mutter schätzte sie sehr; der Vater konnte es ihr aber nie vergeben, daß sie eine Bürgerliche war, und seine Schwester, die jetzt eben bei ihm ist, pflegt immer nur auf kurze Zeit einzukehren.«

Der alte Thierberg, der in diesem Augenblick von seinem Amtmann zurückkam, unterbrach dieses Gespräch, das der junge Mann noch lange hätte fortsetzen mögen, denn Base Anna erschien ihm, wenn sie lebhaft sprach, wenn ihre Augen während ihrer Rede immer heller glänzten, und ihre zarten Züge jede ihrer Empfindungen abspiegelten, immer reizender, liebenswürdiger zu werden, und er glaubte aus dem Vergnügen, das ihr die Unterhaltung mit ihm zu gewähren schien, nicht mit Unrecht einen günstigen Schluß für sich ziehen zu dürfen.

6

Von allen seinen früheren reichsfreiherrlichen Rechten war dem alten Thierberg nur die Ernennung, oder wie man es dort nannte, die Präsentation des Schulmeisters übriggeblieben, und er verwünschte auch diesen letzten Rest ehemaliger Größe und Gewalt, als er nachmittags zwei Schulamtskandidaten mit dem Thierberger Prediger ins Schloß treten sah. Er hieß seinen Neffen allein in den Wald vorausgehen und versprach bald zu folgen. Der junge Mann wanderte langsam jenen

Weg hinan, welchen ihn Anna zuerst geführt hatte. Oft stand er stille und sah zurück auf diese altertümliche Burg, und gerne verweilte sein Auge auf jenem Turm, in dessen Zimmerchen Anna wohnte. Wie liebte er dieses klare, ruhige, natürliche Wesen, gepaart mit so viel Anstand und mit so feiner Bildung! Er konnte sich auf nichts Ähnliches besinnen. Oft wollten zwar in seiner Erinnerung die Damen der Mark diesem Schwabenkind den Vorrang streitig machen. Es deuchte dem jungen Mann, er habe elegantere Formen gesehen, gewandter, zierlicher sprechen gehört, er rief sich jede einzelne Schönheit, die ihn sonst bezauberte, zurück, aber er bekannte, daß es gerade diese Unbefangenheit, diese Ruhe sei, was ihm so überraschend, so neu, so liebenswürdig erschien. Sie ist zu verständig, zu ruhig, zu klar, um jemals recht lieben zu können, fuhr er in seinen Gedanken fort, aber schätzen wird sie mich, sie wird Interesse an mir finden. Und gerade diese Klarheit, diese Art, über das Leben zu denken, muß ihr andere, bessere

669 Verhältnisse längst wünschenswert gemacht haben. Bequeme, elegante Wohnung, eine geschmackvolle Garderobe, Wagen, Pferde, Bediente, eine ausgesuchte Bibliothek, das sind die Dinge, welche in einem solchen kalten Herzen die Liebe ersetzen; so unbefangen sie ist, so weiß sie doch in ihrer Unbefangenheit die Dame recht wohl zu spielen, und wirklich – es muß ihr als Frau von Rantow allerliebst stehen!

Der junge Mann war unter diesen Träumen einer schönen Zukunft auf einer Höhe angelangt, wo er einen Teil des reizenden Neckartales überschauen konnte. Vorwärts zu seiner Linken gewahrte er eine Waldspitze, die weit vorsprang, und ihm die Aussicht auf den andern Teil des Tales verdeckte. Er verglich sie mit der Lage des Schlosses und fand, es müsse dieselbe Bergspitze sein, von welcher gestern jene süßen Flötenklänge herübertönten. Von dort aus, hatte ihm Anna gesagt, könne man einen weiten, freien Blick über das ganze Tal genießen, und rasch beschloß er, nicht erst den Oheim abzuwarten, sondern im Genuß einer herrlichen Aussicht auf jener Waldecke seinen Gedanken nachzuhängen. Er hatte sich die Richtung gut gemerkt, und nicht lange, so trat er auf diesen reizenden Platz heraus. Das Tal schwenkte sich in einem schönen Bogen an Thierberg vorüber um diese Bergecke. Rechts und bei weitem näher, als Albert gedacht hatte, lag die Burg, durch eine breite Waldschlucht von dieser Stelle getrennt. Man konnte mit einem guten Fernglas deutlich in die Fenster von Thierberg sehen, und der junge Mann ergötzte sich eine Zeitlang an den Zügen des Pastors und seines Oheims, die in eifrigem Gespräch an der Fensterbrüstung standen. Auch Annas Turmfenster war geöffnet, aber statt ihrer holden Züge sah man nur einen kleinen Orangenbaum, den sie an die Sonne gestellt hatte. In der Mitte des Tales zog in kleineren Bogen der Neckar hin, viele freundliche Halbinseln bildend, und in kleiner Entfernung entdeckte das Auge des jungen Mannes ein neues Schloß, in dessen Fenstern sich die Mittagssonne spiegelte. Es war in gefälligem, italienischem Stil aufgebaut, die Säulen und der Balkon, schlank und zierlich, machten einen sonderbaren Kontrast mit den dunkeln schweren Mauern des Thierbergs zu seiner Rechten, und wie diese Burg auf der Nordseite des Gebirges auf einem steilen Waldberg hing, so ruhte jenes schöne Lustschloß auf der Südseite gegenüber an einem sanften Rebhügel, dessen reinlich und nett angelegten Geländer und Spaliere sich bis an den Fluß herabzogen. Albert war in diesen reizenden Anblick versunken, und dachte nach über diesen Gegensatz, welchen die beiden Schlösser, wie Bilder der alten 670 und neuen Zeit, hervorbrachten, als feste Männertritte hinter ihm durch das Gebüsch rauschten, und ihn aus seinen Betrachtungen weckten. Er wandte sich um, und war vielleicht nicht weniger erstaunt, als der Mann, der jetzt durch die letzten Büsche brach und vor ihm stand. – Es war sein Gefährte vom Eilwagen. Er hatte eine Jagdtasche übergeworfen, trug eine Büchse unter dem Arm, und zwei große Windhunde stürzten hinter ihm aus dem Gebüsch.

»Wie! ist es möglich!« rief der Jäger, und blieb verwunderungsvoll stehen; »ich hätte mir noch eher einfallen lassen, hier auf einen Adler, denn auf Sie zu stoßen!«

»Sie sehen, ich benütze Ihren Rat«, erwiderte der junge Mann, »ich durchspüre jeden Winkel Ihres Landes nach schönen Aussichten –«

»Aber wie kommen Sie *hieher?*« fuhr jener fort, indem er ihn aufmerksamer betrachtete, »und Sie sind auch nicht auf der Reise, wie ich sehe, haben Sie sich in der Nähe eingemietet?«

Albert deutete lächelnd auf die alte Burg hinüber. »Dort – und gestehen Sie«, sagte er, »ich hätte keinen schöneren Punkt wählen können.«

»In Thierberg?« rief der Jäger mit steigendem Erstaunen, indem er auf einen Augenblick leicht errötete; »wie, ist es möglich, in Thierberg? oder sind vielleicht gar Thierbergs die Verwandten, die –«

»Die ich in der Stadt besuchen wollte und hier auf ihrem Landsitz traf. Ich segne übrigens diesen Geschmack meines Oheims«, setzte Albert mit einer Verbeugung hinzu, »da er mich aufs neue in die Nähe meines angenehmen Reisegesellschafters führte.«

»So wären Sie vielleicht ein Rantow aus Preußen?« fragte der Jäger aufs neue.

»Allerdings«, antwortete der Gefragte, »aber wie folgern Sie dies? sind Sie vielleicht mit meinem Oheim bekannt?«

»Ich besuche ihn zuweilen«, sagte jener mit einem langen Seitenblick auf das alte Schloß, »ich bin gerne dort; doch beinahe hätte ich das Glück gehabt, Ihre Bekanntschaft noch früher zu machen; ich reiste vor einem Jahr in Ihre Heimat, und auf den Fall, daß mich meine Straße über Fehrbellin geführt hätte, war ich mit einem Brief an Ihre Eltern versehen, mit einem Brief von Ihrem Oheim selbst. – Aber, habe ich zuviel gesagt, wenn ich von den Reizen unseres Neckartales sprach? Finden Sie nicht alles hier vereinigt, was man immer für das Auge wünschen kann?«

»Ich dachte schon vorhin darüber nach«, versetzte Rantow; »wie verschieden ist der Charakter dieser beiden Berge zur Seite des Tales! Hier dieser dunkle Wald, mit Schluchten und Felsenrissen, durch welche sich Bäche herabgießen, die alte Burg, halb Ruine, auf diese jäh abbrechende Wand hinausgerückt. Jenseits die sanften, wellenförmigen Rebhügel, mit bläulichroter Erde und dem sanften Grün des Weins. Und diese Kontraste durch das lieblichste Tal, durch den Fluß vereinigt, der bald hierhin bald dorthin zu den Bergen sich wendet! Wahrhaftig, es müßte nichts Angenehmeres sein, als auf einer dieser grünen Halbinseln ein einsames Idyllenleben zu führen!«

»Ja«, entgegnete der Jäger lächelnd, »wenn der Fluß nicht in jedem Frühjahre austräte, und Dämon, die Hütte und – seine Daphne zu entführen drohte! Aber waren Sie schon unten im Tal?«

»Noch nicht, und wenn etwa Ihr Weg hinabführt, werde ich Sie gerne begleiten.«

Der Jäger lockte seine Hunde und schlug dann einen Seitenpfad ein, der in die Tiefe führte. Rantow, der hinter ihm ging, bewunderte den schlanken Bau, den kräftigen Schritt und die gewandten Bewegungen des jungen Mannes. Er war einigemal versucht zu fragen, wer er sei, wo er wohne; aber es lag etwas so Bestimmtes, Überwiegendes in seinem ganzen Wesen, daß er diese Frage immer wieder auf eine bequemere Zeit verschob. Im Tal wandte sich der Jäger stromabwärts; Kinder und Alte, die ihnen begegneten, grüßten ihn überall freundlich und zutraulich; manche blieben wohl auch stehen und schauten ihm nach. Oft stand er stille und machte den Fremden auf jeden schönen Punkt aufmerksam, erzählte ihm von der Lebensart der Leute, von ihren Sitten und ländlichen Festen.

Der Weg bog jetzt um den Berg und plötzlich standen sie dem neuen Schloß gegenüber, das Albert von der Höhe herab gesehen hatte. »Welch herrliches Gebäude!« rief er, »wie malerisch liegt es in diesen Weinbergen! Wem gehört dieses Schloß?«

»Meinem Vater«, erwiderte der Jäger freundlich. »Ich denke, Sie setzen mit mir über und versuchen den Wein, der auf diesen Hügeln wächst?«

Gerne folgte der junge Mann dieser einfachen Einladung; sie gingen ans Ufer, wo der Jäger einen Kahn losband; er ließ seinen Gast einsteigen und ruderte ihn leicht und kräftig über den Fluß. Auf reinlichen, mit feinem Kies bestreuten Wegen, durch hohe Spaliere von Wein gingen sie dem Schloß zu, dessen einfach schöne Formen in der Nähe noch deutlicher und angenehmer hervortraten, als aus der Ferne betrachtet. Unter dem schattigen Portal, das vier Säulen bildeten, saß ein Mann, der aufmerksam in einem Buche las. Als die jungen Männer näher kamen, stand er auf und ging ihnen einige Schritte entgegen. Er war groß, aufrecht und hager, und etwa zwischen fünfzig und sechszig Jahre alt. Ein schwarzes, blitzendes Auge, eine kühn gebogene Nase, die dunkelbraune Gesichtsfarbe und eine hohe, gebietende Stirne, wie seine ganze Haltung, gaben ihm etwas Auffallendes, Überraschendes. Er trug einen einfachen militärischen Oberrock, ein rotes Band im Knopfloch, und noch ehe er ihm vorgestellt wurde, wußte der junge Rantow aus diesem allem, daß es der General Willi sei, vor welchem er stand. Ihn selbst stellte der junge Willi als Vetter der Thierbergs und als seinen Reisegefährten vor.

Der General hatte eine tiefe, aber angenehme Stimme; er antwortete: »Mein Sohn hat mir von Ihnen gesagt; Ihre Mutter kenne ich wohl, habe sie früher in der Residenz gesehen. Als wir nach Schlesien marschierten, wurde ich nach Berlin geschickt; ich blieb vier Wochen bei der Feldpost dort, und ritt während dieser Zeit mehreremal nach Fehrbellin hinüber, Ihre Eltern zu besuchen.«

»Wahrhaftig!« rief der junge Mann; »ich erinnere mich, mehrere französische und deutsche Offiziere damals in unserem Haus gesehen zu haben; es müßte mich alles täuschen, Herr General, oder ich kann mich noch Ihrer erinnern. Ihre Uniform war grün und schwarz und einen großen grünen Busch trugen Sie auf dem Hut. Sie ritten einen großen Rappen.«

»Ach ja, die alte Leda!« sagte der General; »sie hat treu ausgehalten bis an die Beresina; dort liegt sie zwanzig Schritte von der Brücke im Sumpf. Es war ein gutes Tier, und in der Garde nannte man sie le diable noir. – Grüne Büsche sagen Sie? – richtig, ich diente damals unter den Schwarzen Jägern von Württemberg. Ein braves Korps, bei Gott! Wie haben sich diese Leute bei Linz geschlagen!«

»War es damals«, bemerkte Rantow, »als Marschall Vandamme, den Gott verdamme, äußerte: Ces bougres là se battent comme nous!?«

»Sie haben da eine sonderbare Übersetzung des Namens Vandamme, doch – ach! Sie sind ein Preuße, gut! ich gebe zu, der General Vandamme war verhaßt, besonders in der süddeutschen Armee; er wußte es auch recht gut, aber seine Bewunderung über die Bravour jener Soldaten hätte er vielleicht artiger, aber nie mit mehr Wahrheit ausdrücken können.«

Sie waren unter diesen Worten bis unter das Portal des Hauses getreten; ein Buch lag dort aufgeschlagen, der junge Willi sah es lächelnd an und sagte: »Zum sechstenmal, mein Vater?«

»Zum sechstenmal«, erwiderte jener, indem auch durch seine ernsten Züge ein leichtes Lächeln ging. »Sie sehen, Herr von Rantow, man zieht oft die Kinder nur dazu auf, daß sie ihre Eltern nachher wieder aufziehen. So kann er es nicht recht leiden, daß ich gewisse Bücher oft lese; und doch ist es ein guter Grundsatz, nicht vielerlei Bücher, aber wenige gute öfter zu lesen.«

»Sie haben recht«, erwiderte Rantow, »und darf ich wissen, *welches* Buch Sie zum sechstenmal lesen?« Der General bot es ihm schweigend.

»Ah! die schöne Fabel von 1812«, rief Albert, »der Feldzug des Grafen Segur? Nun, ein Gedicht wie dieses darf man immer wieder lesen, besonders wenn man wie Sie den Gegenstand kennengelernt hat.«

»Sie nennen es Gedicht?« fragte der General. »Da Sie nicht aus Erfahrung sprechen können, ist wohl General Gourgaud Ihr Gewährsmann. Aber ich kann Sie versichern, in diesem Buch ist so furchtbare

Wahrheit, so traurige Gewißheit, daß man das wenige, was Dichtung ist, darüber vergessen kann. Die Figuren in diesem Gemälde leben, man sieht ihren schwankenden Marsch über die Eisfelder, man sieht brave Kameraden im Schnee verscheiden, man sieht ein Riesenwerk, jene große, kampfgeübte Armee durch die Ungunst des Schicksals in viele tausend traurige Trümmer zerschlagen. Aber ich liebe es, unter diesen Trümmern zu wandeln, ich liebe es an jene traurigen, über das Eis hinschwankenden Männer mich anzuschließen, denn ich habe ihr Glück und – ihr Unglück geteilt.«

»Ich bewundere nur deine Geduld, Vater«, erwiderte der Sohn; »du kannst diese französische Tiraden, die, wenn man sie in nüchternes Deutsch auflöst, beinahe lächerlich erscheinen, lesen und immer wieder lesen! Ich erinnere mich aus diesem berühmten Buch einer solchen Stelle, die im Augenblick das Gefühl besticht, nachher, mich wenigstens, lächeln machte. Die Armee hat sich in größter Unordnung hinter Wilna zurückgezogen. Die Russen sind auf den Fersen. Eine Zeitlang imponiert ihnen noch die Nachhut des Heeres, aber bald löst sich auch diese auf, und die ersten der Russen, indem sie einen Hohlweg heraufdringen, mischen sich schon mit den letzten der Franzosen. Segur schließt seine Periode mit den Worten: ›Ach! es gibt keine französische Armee mehr! – Doch es gibt noch eine‹, fährt er fort: ›Ney lebt noch; er reißt dem nächsten das Gewehr aus der Hand‹ usw. Kurz, der edle Marschall tut in übertriebenem Eifer noch einige Schüsse auf den Feind und repräsentiert gleichsam in sich selbst die halbe Million Soldaten, die Napoleon gegen Rußland ins Feld führte. Ist dies nicht mehr als dichterisch, ist dies nicht lächerlich überstiegen?«

»Ich erinnere mich noch recht wohl jenes Moments, und so grausam unser Schicksal, so gedrängt unser Rückzug war, so ließ er uns doch einige Augenblicke frei, diesem Krieger und seiner wahrhaft antiken Größe unsere Bewunderung zu zollen. Wenn du bedenkst, wie es von großer Wichtigkeit war, daß er mit wenigen Tapfern jenes Defilee eine Zeitlang gegen den Feind behauptete, daß er und die Seinen allerdings in diesem Augenblick noch die einzigen wirklichen Kombattanten waren, die den Russen die Spitze boten, so wird dich jener Ausdruck weniger befremden; ich wenigstens danke es Segur, daß er auch jenem erhabenen Moment einen Denkstein setzte.«

»Also ist jene Szene wahr?« fragte Rantow.

674

»Gewiß! und eine schöne, großartige Idee liegt darin, daß man weiß, wer von der großen Armee zuletzt gegen die Russen schlug, daß es Ney war, welchen jener hohe Ruhm, der ihm sogar aus diesem Rückzug sproßte, die Handgriffe des gemeinen Soldaten nicht vergessen ließ. Er war, wie Hannibal, der letzte beim Rückzug.«

»Was sagen Sie aber über jenen, welcher der Erste in der Armee und der erste beim Rückzug war?« bemerkte Rantow. »Ich glaube, zwanzig Jahre früher hätte er jeden Schritt mit seinen Garden verteidigt –«

»Und zwanzig Jahre später vielleicht auch«, fiel ihm der General ins Wort, »und wäre vielleicht als Greis eines schönen Todes mit seinen Garden gestorben. Anno 13, werden Sie aber wohl wissen, war er Kaiser eines Landes, von welchem er, ohne Nachricht, ohne Hülfe, auf so viele hundert Meilen getrennt war. Was hielt ihn bei der Armee, nachdem unser Unglück entschieden war? Glauben Sie nicht, daß er etwas Ähnliches, wie den Abfall Ihres York, geahnt hat! Mußte er nicht in Frankreich frische Mannschaft holen?«

»Warum zog er gegen Asien zu Feld, der neue Alexander«, sagte Rantow spöttisch lächelnd, »wenn er ahnte, daß das Preußenvolk in seinem Rücken nur darauf laure, ihm den Todesstreich zu geben? War dies die gerühmte Klugheit des ersten Mannes des Jahrhunderts?«

»Glauben Sie, junger Mann«, erwiderte der General, »der Kaiser war erhaben über einen solchen Verdacht. Er wußte, daß Ihr König ein Mann von Ehre sei, der ihn im Rücken nicht überfallen werde; er wußte auch, daß Preußen zu klug sei, um à la Don Quijote die große Armee allein anzugreifen.«

»Preußen war ihm nichts schuldig«, rief der junge Mann errötend; »man weiß, wie Buonaparte selbst seine Friedensbündnisse gehalten hat; man war nicht schuldig, zu warten, bis es dem großen Mann gefällig sei, die Kriegserklärung anzunehmen. Der Gefesselte hat das Recht, in jedem günstigen Augenblicke seine Fesseln zu zerreißen, und sollte er auch den damit zertrümmern müssen, der sie ihm anlegte.«

»Nun, Vater«, setzte der junge Willi hinzu, »das ist es ja, was ich schon lange sagte, wenn ich den Aufstand des ganzen Deutschlands in Schutz nahm. Wer gab den Franzosen das Recht, uns in Ketten und Bande zu schlagen? Unsere Torheit und ihre Macht! Wer gab *uns* das Recht, ihnen das Schwert zu entwinden und die Spitze gegen sie selbst zu wenden? *Ihre* Torheit und unsere *Macht*.«

»Ich gebe zu«, antwortete der General mit Ruhe, »daß man im Volk, vielleicht auch unter Politikern, also spricht und sprechen darf. Niemals aber darf der Soldat diese Sprache führen, um eine schlechte Tat zu beschönigen. Es gibt manche glänzende Verrätereien in der Geschichte; die Zeiten, wo sie begangen wurden, waren vielleicht mit der Gegenwart so sehr beschäftigt, daß man die Verräter gepriesen hat; aber die Nachwelt, welche die Gegenstände in hellerem Lichte sieht, hat immer gerecht gerichtet, und manchen glänzenden Namen ins schwarze Register geschrieben. Auch die Sache des Kaisers wird die Nachwelt führen. So viel ist aber gewiß, daß zu allen Zeiten, wo es Soldaten gibt, einer, der seine Fahne verläßt, immer für einen Schurken gelten wird.«

»Ich gebe dies zu«, erwiderte Rantow, »nur sehe ich nicht ein, wie dies den übereilten Zug nach Rußland entschuldigen könnte.«

»Meinen Sie denn, der Zustand Preußens sei uns so unbekannt gewesen?« fragte der General; »man wußte so ziemlich, wie es dort aussah. Ich war von Mainz bis Smolensk im Gefolge des Kaisers und namentlich in deutschen Provinzen oft an seiner Seite, weil ich die Gegenden kannte, und manchmal in seinem Namen Fragen an die Einwohner tun mußte. In den preußischen Stammprovinzen fiel ihm und uns allen die Haltung und das Ansehen der jungen Leute auf. Das ganze Land schien von Beurlaubten angefüllt, und doch waren es immer nur die jungen Männer, die hier geboren und erzogen waren. Die Haare waren ihnen militärisch verschnitten, ihre Haltung war aufgerichtet, geregelt; sie standen selten wie faule, müßige Gaffer da, wenn der Kaiser und sein Gefolge vorüberzog. Nein, sie machten Front, wenn sie ihn sahen, die Füße standen eingewurzelt, der linke Arm straff angezogen und an die Seite gedrückt, das Auge hatte die regelrechte Richtung und die rechte Hand machte ihren Soldatengruß. Es waren dies keine Bauerbursche mehr, sondern Soldaten, und der Kaiser wußte wenigstens, daß nicht die ganze preußische Armee mit ihm ziehe.«

»Er ließ einen gefährlichen, beleidigten Feind in seinem Rücken«, bemerkte Rantow.

»Ein gefährlicher Feind, Herr von Rantow, ist etwa eine beleidigte Schlange, aber nicht eine Armee, nicht Männer von Ehrgefühl. Das

676

preußische Heer hatte sich mit der großen Armee vereinigt, und sobald dies geschehen war, stand sie unter dem Oberbefehl des ersten Kriegers dieser Armee; in dieser Eigenschaft hatten wir weder von ihnen noch von den Zurückgebliebenen etwas zu fürchten; die Untergebenen band ihr Eid an ihre Fahnen, und die Generale, die Repräsentanten dieser Fahnen, band ihre Ehre. Wenn Sie die Sache aus diesem natürlichen Gesichtspunkt betrachten wollen, so werden Sie am Betragen des Kaisers bei Beginn jenes unglücklichen Feldzuges nichts Übereiltes oder Unkluges finden.«

»Das preußische Heer, das gezwungen mit ausrückte«, erwiderte der junge Mann, »gehörte nicht diesem Kaiser der Franzosen, sondern seinem rechtmäßigen König, und in demselben Augenblick, als dieser sie ihrer Pflichten gegen jenen ersten Krieger entband –«

»Konnten sie gegen uns selbst die Waffen richten«, fiel der General ein; »da haben Sie vollkommen recht; sie konnten ihre Karrees bilden, uns den Gehorsam weigern, und, im Fall des Zwanges, Feuer auf unsere Kolonnen geben, sie konnten sich im Angesicht der Armee mit den Russen vereinigen, sie durften dies alles tun –«

»Nun ja – das war es ja eben, was ich meinte –«

»Nein, Herr! das war es *nicht*«, fuhr jener eifrig fort. »Nur erst, verstehn Sie wohl, *nur dann erst* wann ihr König sie ihres Eides entband, konnten sie den Gehorsam verweigern, sie *mußten* es sogar, auch auf die Gefahr hin, zugrunde zu gehen. Solange dies nicht der Fall war, handelten sie, wenn sie feindlich auftraten, als Verräter an ihrer Ehre und sogar an ihrem König; denn die Ehre des Königs, der die Befehlshaber gewählt hatte, bürgte gleichsam für ihr Betragen.«

»Nun – wenn ich auch dies von den Befehlshabern zugebe«, erwiderte Rantow, »so hat wenigstens die Armee immerhin ihre Pflicht getan.«

»In diesem Fall nimmermehr!« rief der General; »wenn der Chef keinen Befehl seines Herrn vorweisen kann, um seine Schritte zu entschuldigen, und dennoch seine Schuldigkeit nicht tut, oder sogar zum Verräter wird, und zum Verräter, nicht für sich allein, sondern mit einem ganzen Korps, so hat jeder Offizier, jeder Soldat hat das Recht ihn vor der Front vom Pferd zu schießen!«

»Ei, Vater! –« rief der junge Willi.

»Mein Gott, dies denn doch nicht«, rief zugleich der Fremde; »einen General en chef vom Pferd zu schießen!«

»Und wenn man es unterlassen hat«, fuhr jener mit blitzenden Augen fort, »so hat man seine Pflicht versäumt. Aber ich kenne noch recht wohl jene schändliche Zeit und die Motive, die damals die Handlungen der Menschen lenkten; Wölfe und Tiger waren sie geworden, die menschliche Natur hatte man ausgezogen, Treue, Ehre, Glauben, alles verloren, und für Heroismus galt damals, was sonst für eine Schandtat gegolten hätte!«

»Nun, etwas Herrliches und Erhabenes, was sich damals offenbarte, werden Sie doch nicht leugnen können«, sprach der Märker, »der allgemeine Enthusiasmus, womit das ganze Volk aufstand, war doch wirklich erhaben, ergreifend!«

»Das ganze Volk? – aufstand?« rief der General bitter lachend, »da müßte Deutschland erst auferstehen, ehe die Deutschen aufstünden. Es war bei manchem ein schöner, aber unkluger Eifer, bei einigen Haß, bei vielen Übermut, bei den meisten war es Sache der Mode; und Sie vergessen, daß Östreich, Bayern, Württemberg, daß Schwaben und Franken nicht, was Sie sagen, aufstanden, und denn doch auch 678 zu Deutschland gehörten. Und Ihre Enthusiasten selbst, vor diesen wären wir gewiß nie aus Sachsen gewichen!«

»Wenn es ihnen auch an jenen gerühmten Eigenschaften eines alten, gedienten Soldaten gebrach, wahrhaftig, ihr Wille war schön, ihre Taten groß, und ihre Einheit, ihre Aufopferung ersetzte vieles –«

»Einheit? Aufopferung? Wir nahmen, es war schon auf französischem Boden, einmal ein solches Individuum gefangen. Es war ein junger, schön geputzter Mann. Der Kaiser hatte von diesen Volontärs sprechen gehört, man hatte ihm ihre Kleidung, ihre Haltung überaus komisch beschrieben; er ließ daher den Gefangenen vortreten. Als dieser den Kaiser erblickte, geriet er in augenscheinliche Verwirrung, dachte nicht mehr daran, daß er selbst Soldat geworden sei, und gegen den größten Krieger zu Feld ziehe, sondern er nahm seinen Tschako am Schild, riß ihn nach gewöhnlicher, bürgerlicher Weise vom Kopf, daß der schöne Federbusch elendiglich in den Kot hing, und kratzte mit dem Fuß hinten aus. Der Kaiser ließ ihn durch mich fragen, ob er unter den deutschen Freiwilligen diene? Jener aber verbeugte sich noch einmal und sagte: ›Ich bin vom Frankfurter Korps der Rache.‹ Der Kaiser konnte ein Lächeln nicht unterdrücken, und als er weiterritt, wandte er sich noch einmal um. Der Sohn der Rache stand noch immer ganz verblüfft unter einem Haufen von Franzosen, und jetzt erst schien er aus einem Traum zu erwachen, er mochte sich auf die schöne *Zeile* zurückwünschen. Der arme Teufel sah aus, als wäre er ein Volontaire malgré lui, als hätte er nur seinem Schatz zu Gefallen sich in dem Korps der Rache einschreiben lassen. Und dieser Rächer kehrte nicht mehr hinter den Ladentisch seines Vaters heim. Ich sah ihn sechs Tage nachher, ohne Beine, sterbend wieder, seine eigenen Landsleute hatten ihn in unsern Reihen getötet. Und von solchen Menschen verlangen Sie Einheit – Aufopferung?«

Der Preuße hatte dem General unmutig zugehört, es kam ihm vor, als liege in den Zügen dieses Mannes Spott und Verachtung einer Sache, die er immer als etwas Ungeheures, Welthistorisches, Großartiges zu betrachten gewöhnt gewesen war. Der junge Willi sah diese unangenehmen Gefühle, die mit der Ehrfurcht vor dem General in Rantows Brust zu kämpfen schienen. Er nahm daher schnell das Wort und sagte: »Du warst damals auf feindlicher Partei, lieber Vater, du sahst alles in einem andern Lichte, und ich zweifle, ob nicht eure jungen Konskribierten sich auf ähnliche Weise benommen hätten. Aber wahr bleibt es immer, und jedem unbefangenen Auge noch jetzt sichtbar, daß damals ein erhabener, ungewöhnlicher Geist unter dem Volke, hauptsächlich im Norden wehte; die Mittelstände vorzüglich haben gezeigt, daß sie einer bewunderungswürdigen Kraftäußerung fähig seien, und darauf, so schlecht auch die Zeiten sind, kann man noch immer einige Hoffnung gründen.«

Rantow sah den jungen Mann bei den letzten Worten befremdet an, als wüßte er sich diesen Satz nicht zu erklären; doch erfreut, seine eigenen Gesinnungen wiederholt zu hören, wandte er sich wieder an den General. »Er hat recht«, sagte er, »auf feindlicher Seite konnten Sie das rührende Bild dieser Aufopferung nicht so genau kennen lernen. Aber die großen Worte unserer Redner, die feurigen, aufrufenden Lieder unserer Sänger, die begeisternde Aufopferung unserer Frauen, sie gaben verbunden mit dem Mut, der frommen Kraft und der gottgeweihten Hingebung unserer Jünglinge und Männer, Szenen, die ebenso erhaben als unvergeßlich sind.«

»Und wofür denn dieses alles?« fragte der alte Soldat, »wozu so große Aufopferungen? was hat man damit erreicht und errungen? ließ sich dies alles nicht voraussehen?«

»Und was haben denn Sie, Herr General, auf jener Seite erreicht und errungen? Das ist einmal das Schicksal alles menschlichen Lebens und Treibens, daß man kämpft, sich hingibt, aufopfert, um am Ende nichts, oder wenig zu erreichen. Zwanzig Jahre haben Sie jenem Mann geweiht, jenem Eigensüchtigen, der nur sich und immer nur sich bedachte? Jetzt liegt er auf einem öden Felsen, seine Genossen sind zerstreut aufgerieben – was, was haben denn Sie gewonnen?«

»Ein Endchen rotes Band und die Erinnerung«, antwortete er lächelnd, indem er mit einer Träne im Auge auf seine Brust herabsah. Es lag etwas so Ergreifendes, Erhabenes in dem Wesen des Mannes, als er diese Worte sprach, daß Rantow, errötend, als hätte er eine Torheit gesagt, seine Augen von ihm abwandte und betreten den Sohn ansah. Doch dieser schien nicht auf das Gespräch zu merken, er blickte unverwandt und eifrig auf ein kleines Gebüsch am Fluß, von welchem man eben das Plätschern eines Ruders vernahm; jetzt teilten sich die Zweige der Weiden, und ein schöner Mädchenkopf bog sich lächelnd daraus hervor. 680

7

»Unsere schöne Nachbarin!« rief der General freundlich, und eilte auf sie zu, ihr die Hand zu bieten; die jungen Männer folgten, und mittelst seiner trefflichen Lorgnette entdeckte Rantow zu seinem nicht geringen Vergnügen, daß es Anna sei, die hier so plötzlich, gleich einer Najade, aus dem Fluß auftauchte. Der General küßte sie auf die Stirne, und bot ihr dann den Arm, sie grüßte seinen Sohn kurz und freundlich, fragte flüchtig nach des Generals Schwester, und verweilte dann mit einem Ausdruck der Verwunderung auf ihrem Gast; »Du hier, Vetter Albert?« rief sie, indem sie ihm die Hand bot; »nun das muß ich gestehen, für so klug hätte ich dich nicht gehalten, deinen schönen Verstand in Ehren, daß du sogleich die angenehmste Gesellschaft in der ganzen Gegend auffinden würdest; welcher Zauberer hat dich denn hieher gebracht?«

»Mein Sohn«, sagte der General, »hatte das Glück, Ihren Vetter auf seiner kleinen Reise kennenzulernen, und fand ihn jenseits in Ihrem Forst –«

»Und lud mich ein, ihn hierher zu begleiten«, fuhr Rantow fort, »wo ich schon wieder wie gestern das Unglück hatte, zu streiten und immer heftiger zu widersprechen. Du lächelst, Anna? Aber es ist, als brächte es hier das Klima so mit sich; zu Hause bin ich der friedfertigste Kerl von der Welt, habe vielleicht in zwei Jahren nicht so viel disputiert, als hier in zwei Tagen, und wie käme ich vollends mit Herren, wie der Herr General oder mein Oncle, in Streit?«

»Ist es möglich?« fragte der General, »mit Herrn von Thierberg, mit Ihrem Vater, Ännchen, kommt er in Streit? Ich dachte doch, da Sie mit mir in politischen Ansichten so gar nicht übereinstimmen, Sie müßten von Ihres Oheims Grundsätzen eingenommen sein.«

»Nun, so ganz unmöglich ist eine dritte oder vierte Meinung doch nicht«, bemerkte der junge Willi lächelnd; »ich bin gewiß nicht von Ihrem politischen Glaubensbekenntnis, und glaube, daß sich mit der Welt jetzt etwas machen ließe, wenn *ihr* nicht fünfzehn Jahre früher mit Feuer und Schwert regiert und reformiert und die Menschen eingeschüchtert hättet; aber mit Herrn von Thierberg lebe ich deswegen doch in ewigem Kampf, und wir beide haben unsere gegenseitige Bekehrung längst aufgegeben.«

»Demagogen streiten gegen alle Welt«, erwiderte ihm Anna lächelnd und doch, wie es schien, ein wenig unmutig. »Sie sind ein Incurable in diesem Spital der Menschheit; haben Sie je gehört, daß ein solcher politischer Ritter von la Mancha, solch ein irrender Weltverbesserer, von Grund aus kuriert worden wäre?«

»Ich sehe, Sie wollen den Krieg auf *mein* Land spielen«, sagte Robert, »Sie wollen, wie immer, meine Ansichten zur Zielscheibe Ihres liebenswürdigen Witzes machen, und doch soll es Ihnen nicht gelingen, mich aus der Fassung zu bringen, heute wenigstens gewiß nicht. Sie kennen wohl die schönen Eigenschaften Ihrer Fräulein Cousine noch nicht ganz, Rantow? Nehmen Sie sich um Gottes willen in acht, ihr zu trauen!«

»Freund«, entgegnete Rantow, »in diesem Süddeutschland finde ich mich selbst nicht mehr; es ist alles ganz anders, man denkt, man spricht anders, als ich gewöhnt bin, und so mag ich mir selbst kein Urteil mehr zutrauen, am wenigsten über Anna.«

»General!« rief Anna, »Sie führen nachher hoffentlich meine Verteidigung gegen Ihren Herrn Sohn?«

»Nun merken Sie auf, Rantow!« sprach der junge Willi; »daß dieses Fräulein die Schönste im ganzen Neckartal, von Heidelberg bis Tübingen, ist, behaupten nicht nur alle reisenden Studenten, sondern auch sie selbst weiß es nur allzugut und hat sich ganz darnach eingerichtet;

sie ist aber dabei so spröde wie Leandra im eben angeführten ›Don Quijote‹. Nach ihren politischen Ansichten, denn sie ist gewaltig politisch, ist sie ein Amphibion. Sie hält es bald mit dem Alten, bald mit der neuen Zeit. Sie ist gewaltig stolz, daß sie vierundsechzig Ahnen hat, auf ihrem Stammschloß lebt, und daß schon Anno 950 ein Thierberg einen Acker gekauft hat. Auf der andern Seite ist sie durch und durch Napoleonisch. Sie hat den ersten Lügner seiner Zeit, den ›Moniteur‹, öfter gelesen, als die Bibel, trägt ein Stückchen Zeug, das Montholon meinem Vater schickte, und das angeblich von Napoleons letztem Lager stammt, in einem Ring, singt nichts als kaiserliche Lieder von Béranger und Delavigne, und kurz – sie liebt eben jenen Mann mit Enthusiasmus, der den Glanz ihrer vierundsechzig Ahnen in den Staub geworfen hat.«

»Sind Sie nun zu Ende?« fragte Anna, ruhig lächelnd, indem sie ihren Ring an die Lippen zog. »Weißt du aber auch, Vetter, daß er den ärgsten Anklagepunkt, das schwärzeste Verbrechen in seinen Augen, aus Edelmut verschwiegen hat? Nämlich das, daß ich kein sogenanntes deutsches Mädchen bin, daß ich nicht jetzt schon in meinem Kämmerlein mich im Spinnen übe, wie es einer deutschen Maid frommt, und keine Lorbeerkränze für die Stirne der künftigen Sieger flechte. Weißt du denn auch, wer dieser Herr ist? Das ist ein Glied eines ungeheuren, unsichtbaren Bundes, der nächstens das Oberste zuunterst kehren wird; nun, bei euch soll es ja noch mehrere solcher Staatsmänner geben. Aber, Herr von Willi, wie ist mir doch, ist es denn wahr, was man mir letzthin erzählte, daß unter euren geheimen Gesetzen eine ausdrücklich gegen junge Damen von Adel gerichtet sei und also laute: ›Wenn ein biderber deutscher Ritter um eine Jungfrau freit, die ehemals der adeligen Kaste angehörte, und solche aus törichtem Hochmut ihre Hand versagt, soll ihr Name öffentlich bekanntgemacht, und sie selbst für wahnsinnig erklärt werden.‹«

Das Pathos, womit Anna diese Worte vorbrachte, war so komisch, daß der General und Rantow unwillkürlich in Lachen ausbrachen; der junge Willi aber errötete, und unmutig entgegnete er: »Wie mögen Sie sich nur immer über Dinge lustig machen, die Ihnen so ferne liegen, daß Sie auch nicht das geringste davon fühlen können. Ich gebe zu, daß es Ihnen in Ihrem Stand, in Ihren Verhältnissen recht angenehm und behaglich scheinen mag, weil Sie freiere Formen und natürlichere Sitten nicht kennen, keine Ahnung davon haben. Warum aber mit Spott Gefühle verfolgen, die wenigstens in Männerbrust mächtig und erhaben wirken, und zu allem Schönen und Guten begeistern?«

»Wie ungezogen!« erwiderte Anna. »Sie haben mit Spott begonnen, und meine Ahnen und den Kaiser der Franzosen schlecht behandelt, und nehmen es nun empfindlich auf, wenn man über die Herren Demagogen und ihre Träume scherzt! Wahrlich, wenn nicht Ihr Vater ein so braver Mann und mein getreuester Anhänger wäre, Sie sollten es entgelten müssen. Doch zur Strafe will ich Sie über das Gedicht examinieren, das Sie mir für meinen Vater versprochen haben.« Sie nahm bei diesen Worten Roberts Arm und ging mit ihm den Baumgang hin, und Albert Rantow hätte in diesem Augenblick viel darum gegeben, an der Stelle des jungen Willi neben ihr gehen zu dürfen, denn nie hatte ihm ihr Auge so schön, ihre Stimme so klangvoll und rührend gedeucht, als in diesem Augenblick.

»Sie ist ein sonderbares, aber treffliches Kind«, sagte der General, indem er ihr lächelnd nachblickte. »Wenn sie ihm doch alle seine Schwärmereien aus dem Kopfe reden könnte! Aber so wird er nie glücklich werden; denken Sie, Rantow! er hat oft Stunden, wo es ihm lächerlich, ja töricht erscheint, daß er in meinem bequemen Schloß wohnt, und Nachbar Görge und Michel, die doch auch ›deutsche Männer‹ sind, nur mit einer schlechten Hütte sich begnügen müssen. Das ist eine sonderbare Jugend, das nennen sie jetzt Freiheitssinn! Und doch ist er sonst ein so wackerer und vernünftiger Junge.«

»Ein liebenswürdiger, trefflicher Mensch«, bemerkte Albert, indem er oft unruhige Blicke nach jenen Bäumen streifen ließ, unter welchen Willi und Anna wandelten; »ich darf Ihnen sagen, daß ich über seine Gewandtheit, über die feinen gesellschaftlichen Formen staunte, die er so unbefangen entwickelt, er muß viel und lange in guten Zirkeln gelebt haben; und den noch so sonderbare, spießbürgerliche Pläne!«

»Er war in London, Paris und Rom«, sagte der General gleichgültig, »und er lebte dort unter meinen Freunden. Ich glaube, Lafayette und Foy haben mir ihn verzogen.«

»Wie! Lafayette, Foy, hat er diese gesehen?« fragte Rantow staunend.

»Er war täglich in der Umgebung beider Männer, und sie fanden an dem Jungen mehr, als ich erwarten konnte. Da hörte er nun die Amerikaner und die Herren von der linken Seite; und weil er manche der exaltiertesten Schreier als meine alten Freunde kannte, glaubte er in seinem jugendlichen Eifer, es müsse alles wahr sein, was sie schwatzen, und fand sich am Ende geschickt, selbst mit zu reformieren. Da ist er nun mit allen unruhigen Köpfen in diesem ruhigen Deutschland bekannt. Keine Woche vergeht, ohne daß sie einen jener ›deutschen Radikalreformer‹, mit langen Haaren, Stutzbärtchen, Beilstöcken und sonderbaren Röcken in meinen Hof bringt; sie nennen ihn Bruder, und sind so wunderliche Leute, daß sie alle Briefe an meinen Robert mit einem ›deutschen Gruß zuvor‹ anfangen.«

»Ich kenne diese Leute!« bemerkte Albert mit wegwerfender Miene; »sie zeigen sich auch bei uns zu Hause. Aber wie kann nur ein Mann von so glänzenden Anlagen für ein anständigeres Leben und für die gute Gesellschaft, wie Robert, mit so gemeinen Menschen umgehen, die im Bier ihr höchstes Glück finden, rauchend durch die Straßen gehen, in gemeinen Schenken umherliegen, und alles Noble, Feine geringachten?«

»*Gemein*, lieber Herr von Rantow, habe ich sie noch nie gefunden«, erwiderte der General lächelnd, »was ich unter ›gemein‹ verstehe; daß sie rauchen, macht sie höchstens für einen Nichtraucher unangenehm, daß sie Bier trinken, geschieht wohl aus Armut, denn meinen Wein haben sie nicht verachtet, und von der bonne société denken sie gerade wie ich; sie langweilen sich dort, und finden das Steife gezwungen und das Gezierte lächerlich. Sonst fand ich sie unterrichtet, vernünftig, und nur in ihrer Kleidung und ihren Träumereien dachte ich mit Anna an Don Quijote, und fand es komisch, daß sie sich berufen glauben, die Welt zu erlösen von allem Übel.«

Der junge Mann verbeugte sich stillschweigend gegen den General, als wolle er ihm dadurch seinen Beifall zu erkennen geben; bei sich selbst aber dachte er: Ich lasse mich aufknüpfen, wenn er nicht selbst raucht, und lieber Stettiner und Josty als Franzwein trinkt; doch einem alten Soldaten kann man es verzeihen, wenn er roh und unhöflich ist. Er sah sich zugleich wieder nach Anna um; das Gespräch schien von beiden Seiten mit großem Interesse geführt zu werden, die Gegenwart des Generals verhinderte ihn, von seiner Lorgnette Gebrauch zu machen, und doch war sie ihm nie so nötig gewesen, als in diesem Augenblick, denn er glaubte gesehen zu haben, wie der junge Willi Annas Hand ergriff, und – an seine Lippen führte. Der General mochte die Unruhe und Zerstreuung des jungen Mannes bemerken; er ging mit Rantow dem Baumgang zu, und als Anna sie herankommen sah, ging sie ihnen mit Willi entgegen. Des Generals Schwester, eine würdige

684

Dame, welcher Annas Besuch galt, kam in diesem Augenblick herzu, und da in ihrer Gegenwart nichts Politisches, das zum Streit führen konnte, abgehandelt werden durfte, so zog es die Gesellschaft vor, ihrer Einladung zu folgen, und unter der Halle des Schlosses den Wein des Generals und die schönen Früchte seiner Gärten zu kosten. Man beschloß, daß der General und sein Sohn morgen den Besuch auf Thierberg erwidern sollten, und so schieden die beiden Willi, als ihre Gäste in den Kahn stiegen, mit Ehrfurcht von Anna, mit der Herzlichkeit alter Freunde von Rantow.

8

Der Gast aus der Mark, obgleich er in jedem Damenkreis seiner Heimat mit jener Sicherheit aufgetreten war, welche man sich durch Erziehung und gehöriges Selbstvertrauen erwirbt, obgleich er sich in Berlin manches schwierigen Sieges hatte rühmen können, fühlte sich doch nie in seinem Leben so befangen, als an jenem Abend, wo er mit Anna am Neckar hin nach Thierberg zurückkehrte. Tausend Zweifel plagten und quälten ihn, und jetzt erst, als ihm der letzte Blick, den Anna dem jungen Willi zugeworfen hatte, zu feurig für bloße Achtung, zu zögernd für gute Nachbarschaft geschienen hatte, jetzt erst fühlte er, wie mächtig schon in ihm die Neigung zu seiner schönen Base geworden sei. Zwar, wenn er seine eigene Gestalt, sein ausdrucksvolles Gesicht, sein sprechendes Auge, seine gewählte und reiche Sprache, seine eleganten Formen, die Sicherheit und Gewandtheit seines Geistes, kurz, wenn er alle seine Vorzüge mit Robert Willis Eigenschaften maß, so glaubte er sich doch ohne Anmaßung trösten zu können; fehlte doch jenem, wenn er sich auch gut auszudrücken vermochte, jener unnachahmliche Tonfall der Sprache, fehlte ihm, wenn man ihm auch Anstand und Würde nicht streitig machen konnte, jene letzte Vollendung und Feinheit eines modischen Wundervogels (incroyabilis Linn.), jenes unnachahmliche Genie des Geschmackes, das angeboren sein muß; es fehlt ihm, so schloß der Berliner mit heimlichem Lächeln bei sich selbst, jenes je ne sais quoi, das den Geschöpfen Gottes das Siegel der Veredlung und Vollendung aufdrückt, und auch den gewöhnlichsten Menschen zu einem homme comme il faut macht! Aber Anna ist hier auf dem Lande, ist in Schwaben aufgewachsen, fuhr er fort, sie könnte, ehe sie mich sah, mit Robert Willi – »Anna, eine Frage«, sprach er ängstlich zu ihr, nachdem sie eine geraume Weile still fortgewandelt waren, »und nimm doch diese Frage nicht übel auf! Liebst du diesen jungen Willi? Stehst du mit ihm in einem Verhältnis?«

Das Fräulein vom Thierberg errötete leicht über diese Frage, und die Röte konnte ebensogut der Frage, als dem Gegenstand gelten, den sie berührte. »Wie kömmst du auf diesen Einfall, Vetter«, erwiderte sie, »und meinst du denn, wenn ich auch das Unglück haben sollte, *diesen* Willi zu lieben, was mir übrigens noch nie in den Sinn kam, ich würde etwa dich zum Vertrauten in meinen Herzensangelegenheiten wählen, weil ich dich schon seit zwei Tagen kenne? Mein Gott, Vetter«, setzte sie schalkhaft lächelnd hinzu, »was seid ihr doch für närrische Leute in Preußen!«

»Ich will mich ja durchaus nicht in dein Geheimnis drängen, 686 hochedle und gestrenge Dame«, sagte er, »aber meinst du denn, dein langes und, wie es schien, interessantes Gespräch mit ihm sollte mir nicht aufgefallen sein? Meinst du, ich glaube, ihr habt nur von Versen gesprochen?«

»Wenn ich nun sagte, wir *haben* nur von Versen gesprochen«, entgegnete sie eifrig, »so *müßtest* du es doch glauben. Leuten, die gerne Arges denken, fällt alles auf. Diesmal übrigens hat sich dein Scharfsinn nicht betrogen; das übrige Gespräch drehte sich auch noch um etwas anderes als Verse, um ein Geheimnis, ein gar wichtiges Geheimnis.«

»Also doch?« – rief der junge Mann, mit ungläubiger Miene. »Siehst du, also doch?«

»Doch«, antwortete sie lächelnd, »und weil du so artig bist, will ich dich auch mit ins Geheimnis ziehen, vielleicht kannst du behülflich sein; er riet mir selbst, es dir zu entdecken.«

»Wie?« entgegnete er bitter, »meinst du, ich sei nur deshalb nach Schwaben gekommen, um Herrn von Willis Liebesboten an meine Base zu machen? Da kennst du mich wahrhaftig schlecht; eher sage ich deinem Vater die ganze Geschichte, und ich glaube nicht, daß er sich einen solchen Tugendbünder, einen solchen Weltverbesserer und Demagogen zum Schwiegersohn wählen wird.«

Anna war verwundert stehengeblieben, als sie diesen heftigen Ausbruch seiner Leidenschaft vernahm. »Habe die Gnade und höre zuvor, um was man dich bitten wird«, sagte sie, und wie es schien, nicht ohne Empfindlichkeit; »so viel weiß ich aber, daß, wäre ich ein junger Herr, und überdies ein Berliner, ich mich gegen Damen ganz anders betragen würde.« Bestürzt wollte Albert etwas zur Entschuldigung erwidern, aber mit freundlicherer Miene und gütigeren Blicken fuhr sie fort: »Du weißt, und hast es heute selbst gehört, wie sehr der General seinen Napoleon liebt und verehrt; nun ist nächstens sein Geburtstag, der zufällig auf einen berühmten Schlachttag des Kaisers fällt, und da will ihn sein Sohn mit etwas Napoleonischem erfreuen. Er hat sich durch einen Bekannten in Berlin eine Kopie jenes berühmten Bildes von David verschafft, das Buonaparte zu Pferd noch als *Konsul* vorstellt. Es ist kein übler Gedanke, denn so nimmt er sich am besten aus, er ist noch jung, mager, und das interessante, feurige Gesicht unter dem Hut mit der dreifarbigen Feder, ist malerischer, eignet sich mehr für die Darstellung eines Helden, als wie er nachher abgebildet wird. Und dieses Bild des Kaisers ist unser Geheimnis.«

»Aber was soll *ich* hiebei tun?« fragte Albert, der wieder freier atmete, da kein anderes, gefürchtetes Geständnis ihn bedrohte.

»Höre weiter; dieses Bild wird in diesen Tagen ankommen, und zwar nicht bei Generals, sondern bei uns, in meinem eigenen Zimmer wird es bis am Vorabend des Geburtstages bleiben, und dann müssen wir beide dafür sorgen, daß der General, während das Bild hinübergeschafft wird, nicht zu Hause, oder wenigstens so beschäftigt sei, daß er nichts bemerkt. Während der Nacht wird dann das Bild im Salon aufgehängt und bekränzt, und wenn dann morgens der gute Willi zum Frühstück in den Salon tritt, ist es sein Held, der ihn an diesem feierlichen Tage zuerst begrüßt!«

»Gut ausgedacht«, erwiderte Rantow lächelnd, »und wenn es nur nicht dieser Held wäre, wollte ich noch so gerne meine Hülfe anbieten, doch – auch so werde ich mitspielen; hast ja du mich darum gebeten!« Sein Ton war so zärtlich, als er dies sagte, daß ihn Anna überrascht ansah, er bemerkte es, und fuhr, indem er ihren Arm näher an seine Brust zog, fort: »Du kannst ja ganz über mich gebieten, Anna, ach! daß du immer über mich gebieten möchtest! Wie freut es mich, daß du nicht schon liebst, nicht schon versagt bist! Darf ich bei dem Oncle um dich werben?«

In Anna schien es zu kämpfen, ob sie bei diesen Worten wie über eine Torheit lächeln, oder erzürnt weinen solle, wenigstens wechselte auf sonderbare Weise die Farbe ihres schönen Gesichtes mit Röte und Blässe. Sie zog ihren Arm schnell aus seiner Hand und sagte: »So viel kann ich dir sagen, Vetter, daß uns hier in Schwaben nichts unerträglicher ist, als Empfindsamkeit und Koketterie, und daß wir diejenigen für Toren halten, die nach zwei Tagen schon Bündnisse für die Ewigkeit schließen wollen.«

»Anna!« fiel ihr der junge Mann mit bittender Gebärde ins Wort, »glaubst du nicht an die Allgewalt der Liebe? Wenn auch ihre Dauer unsterblich ist, so ist doch ihr Anfang das Werk eines Augenblicks, und ich –«

»Kein Wort mehr, Albert«, rief sie unmutig, »wenn ich nicht alles dem Vater sagen, und ihn um Schutz gegen deine Torheit anrufen soll! Das wäre dir wohl bequem«, fuhr sie gefaßter und lächelnd fort, »um deine Langeweile in Thierberg zu vertreiben, einen kleinen Roman zu spielen? Spiele ihn in Gottes Namen, wenn du nichts Besseres zu tun weißt, *mich* wirst du vielleicht trefflich damit unterhalten, nur verlange nicht, daß ich die zweite Rolle darin übernehme.«

»O Anna!« sprach er seufzend, »verdiene ich diesen Spott? Ich meine es so redlich, so treu! Das Los, das ich dir bieten kann, ist nicht glänzend, aber es ist doch so, daß du vielleicht zufrieden, glücklich sein könntest.«

»Werde nur nicht tragisch«, erwiderte sie; »alles höre ich lieber, als solches Pathos. Spott verdienst du auf jeden Fall, und zum mindesten kann er dich heilen. Komm, sei vernünftig; begleite mich recht artig und wie es sich ziemt nach Hause. Aber sei überzeugt, wenn noch ein einziges Wort dieser Art über deine Lippen kömmt, so beschäme ich dich vor dem nächsten besten Bauer und rufe ihn heran, und wenn du im Schloß oben diese Torheiten fortsetzt, so werde ich nie mehr mit dir allein sein.« Der Ton, womit sie dies aussprach, klang zwar bestimmt, mutig und befehlend, doch schien ihr schalkhaftes Auge und ihr lächelnder Mund dem strengen Befehl zu widersprechen, und Rantow, den diese widersprechenden Zeichen verwirrten, begnügte sich zu schweigen, zu seufzen, mit Blicken zu sprechen, und einen erneuerten Kampf auf einen glücklicheren Moment zu verschieben. Mit großer Besonnenheit und Ruhe knüpfte sie ein Gespräch über den General an, und so gelangten sie, weniger verstimmt, als man hätte denken sollen, nach Thierberg. Der Alte ließ sich ihre Ausflüge erzählen, und schien nicht unzufrieden, daß Albert diese neue Bekanntschaft gemacht habe. »Es sind wackere Leute, diese Willis, und das ganze Tal hat ihnen Wohltaten zu danken. Es soll wenige hohe Offiziere von der Bildung und den ausgezeichneten Kenntnissen des Generals geben, und den jungen habe ich selbst schon auf dem Korn gehabt und gefunden, daß er tiefe, gründliche Kenntnisse hat, und mit Eifer Studien treibt, die man heutzutage unter der jüngern Generation selten findet. Ein kluges, gewandtes, feuriges Bürschchen; aber, aber – diese verschrobenen, überspannten Ansichten. Ich glaube, er würde mich in meinem eigenen Hause anfallen, wollte ich sagen, daß das Bauernpack immer Bauernpack bleibe, und wenn man sie auch noch so frei von Lasten, noch so gelahrt machte, daß die Bürgerlichen bei ihrem Leist bleiben, und nicht an der erhabenen Figur des Staates künsteln und pinseln und meiseln sollen. Aber das kommt nur daher, weil der alte Tor unter seinem Stand geheiratet hat; da will nun der Junge den Fehler gutmachen, indem er die Vettern und Basen und das ganze Verwandtschaftsgesindel seiner hochseligen Frau Mutter, spießbürgerlichen Angedenkens, recht hoch stellt!«

»Aber, Vater«, bemerkte Anna, »daß er es aus diesem Grund tut, kannst du doch nicht behaupten. Ich gebe zu, er stellt uns alle insgesamt etwas tief und die andern an unsere Seite, aber er ist ein Enthusiast, und hat von Freiheit und Volksleben Begriffe, die sich nie ausführen lassen.«

»Lehre mich die Menschen nicht kennen, Kind!« sagte der Alte lächelnd. »Eitelkeit ist der Grundtext in jedem, die Variationen mögen heißen, wie sie wollen; aber was sagst du zu dem Vater, Neffe?«

»Bei uns würde man ihn steinigen, wollte er öffentlich aussprechen, was ich heute habe hören müssen. Ja, in einer Gesellschaft von Preußen sollte er einmal solch ein Wort sagen, ich glaube, man würde weder sein Alter noch seinen Stand berücksichtigen. Sein ganzes Gespräch ist ein Triumphgesang der Vergangenheit und ein Fluch der Gegenwart; ich glaube, er hält es für die größte Sünde, daß wir das schmähliche Joch abgeschüttelt, und die übrigen, vielleicht gegen ihren Willen, mit befreit haben. Eine Schande, daß ein deutscher Mann etwas solches nur denken kann. Aber bei nächster Gelegenheit will ich ihm sagen, wie sehr ich vom Grund des Herzens seinen Kaiser und alle Franzosen hasse.«

»Das hat er von mir schon oft gehört«, erwiderte Herr von Thierberg, »mehr denn zwanzigmal, ich hasse sie alle, allesamt wie die Hölle!«

»Alle, Vater, *alle*?« fragte Anna mit Bedeutung.

»Nein, du hast recht, Kind! *Einen* nehme ich aus, den ich täglich loben und preisen möchte. Hätte er nicht so verzweifelt gut französisch gesprochen, ich hätte geglaubt, es sei ein Engel vom Himmel. Leider war und blieb er nur ein Franzose.«

»Und wer ist denn dieser eine, den Sie so feierlich ausnehmen?« fragte Albert.

»Siehe, das ist eine wunderliche Geschichte«, fuhr der Oheim fort; »doch ich will sie dir erzählen, es ist ein schönes Stück. Ich machte im Jahr 1800 eine Reise nach Italien mit meiner seligen Frau. Ehe wir uns dessen versahen, brach der Krieg aus, und da wir vernahmen, daß Moreau gegen Deutschland ziehe, beschloß ich, meine Frau bei einer befreundeten Familie in Rom zurückzulassen und allein, um desto schneller reisen zu können, nach Schwaben heimzukehren. Ich wählte, teils weil ich dort am wenigsten auf Franzosen zu stoßen hoffte, teils 690 weil einer meiner Vettern die Besatzung in der kleinen Festung Bard kommandierte, teils der Neuheit der Gegend wegen die Straße über den Großen Bernhard, der bald nachher durch den Übergang des Konsuls Buonaparte so berühmt wurde. Dort am Fuße des Berges, auf der Schweizer Seite, überfielen mich fünf zerlumpte Kerls von der französischen Armee, die ich hier freilich nicht vermuten konnte. Ich zeigte ihnen meinen Paß, aber es half nichts, sie rissen mich und meinen Reitknecht, den alten Hanns, den du noch hier siehst, vom Pferd, zogen uns Rock und Stiefeln aus, nahmen mir Uhr und Börse, und eben wollten sie auch meinen Mantelsack untersuchen, als eine schreckliche Stimme hinter uns *Halt* gebot.

Die Räuber sahen sich um und ließen, wie vom Donner gerührt, die Arme sinken, denn es war ein französischer Offizier, der hinter uns zu Pferd hielt, und sie hielten, man muß selbst dem Teufel Gerechtigkeit widerfahren lassen, strenge Mannszucht. ›Wer sind Sie, mein Herr?‹ fragte er, nachdem er abgestiegen war. Ich erzählte ihm kurz meine Verhältnisse und den Zweck meiner Reise; er nahm meinen Paß, sah ihn durch und fragte mich, ob ich solchen den Soldaten gezeigt habe. Als ich es bejahte, wandte er sich an die Bursche, die noch immer kerzengerade und verlegen dastanden: ›Seid ihr Soldaten? seid ihr Franzosen?‹ rief er zürnend und sah, trotz seinem schlechten Oberrock, sehr vornehm aus; ›auf der Stelle kleidet ihr diesen Herrn und seinen Diener an, ordnet sein Gepäck, und geht dann, wohin ihr beordert seid.‹ Noch nie bin ich so schnell bedient worden; ein junger Kerl wollte mir gegen meinen Willen die Stiefeln anziehen, und bat mich mit Tränen im Auge, es zu erlauben. Solchen Gehorsam habe ich nie in der Reichsarmee gesehen. Ich sagte es auch dem Offizier, der sich, nachdem wir fertig waren, zu mir ins Gras setzte und für seine Landsleute Vergebung und Entschuldigung erbat; ich sagte ihm, daß dieser ganze Vorfall durch jenen schönen Anblick von Disziplin aufgewogen werde. Ehe ich mich dessen versah, waren wir in ein tiefes Gespräch über die Zeitereignisse, und namentlich über das Schicksal des Adels verwickelt. Ich stritt lebhaft für unsern alten Reichsadel, aber kurz und bestimmt, und so artig als möglich, wußte er meine besten Gründe zu widerlegen. Ich merkte wohl aus allem, und er ge-stand es auch offen, daß er ein ci-devant sei. Er gestand auch zu, daß

691

eine Republik in neueren Zeiten etwas Schwieriges, beinahe Unnatür-liches sei, daß Institute wie der Adel nützlich, ja gewissermaßen not-wendig seien, behauptete aber, daß der Adel überall von neuem gebo-ren werden, und nur aus kriegerischem Verdienst und Ruhm hervor-gehen müsse.«

»Wie?« fiel ihm Rantow ins Wort, »so allgemein dachte man schon damals in jener Armee an das, was nachher jener sogenannte Kaiser wirklich ausführte? Das ist wunderbar!« – »Auch mir sind nachmals«, erzählte der alte Thierberg, »da Napoleon die Ehrenlegion und Dota-tionen schöpfte, oft die Worte meines guten Kapitäns eingefallen. Diesen gewann ich in *einer* Stunde, die wir zusammen sprachen, so lieb, als wäre er kein Franzose, als wären wir langjährige Freunde. Endlich mahnte ihn die Feldmusik eines ferne heranziehenden Regi-ments zum Aufbruch. Ich schenkte ihm meine silberne Feldflasche, die er erst nach langem Streit und endlich lachend annahm; mir gab er dafür eine kleine Ausgabe des Tacitus und eine von den bunten Federn auf seinem Hut, womit sich damals die republikanischen Offi-ziere schmückten. Die Bajonette des Regiments blitzten über den nächsten Hügel herab, und die Musiker begannen eben ihr ›Allons enfants‹, als er aufs Pferd stieg; er gab mir noch einige Verhaltungsre-geln, drückte mir lächelnd die Hand, und unter dem ›Marchons, ça ira!‹ setzte er den Berg hinan. Noch heute steht dieser liebenswürdige, interessante junge Mann vor meinen Augen, wie er den Fuß der Alpe hinanritt, der Wind in seinem Mantel, in seinen Federn wehte, und er grüßend noch einmal sein geistreiches Gesicht nach mir umwandte. Damals, aber nur einen Augenblick lang, und ich weiß heute noch nicht warum, schlug mein Herz für diese Franzosen, und solange ich die Musik hören konnte, sang ich das Allons enfants und das Marchons ça ira mit. Nachher freilich schämte ich mich meiner Schwäche, haßte dieses Volk, nach wie vorher, und nur mein Retter in der Not, mein Kapitän steht in meinem dankbaren Gedächtnis.«

»Allerdings ein wunderbarer Fall«, sagte Rantow, als der Alte nicht ohne tiefe Rührung geendet hatte; »artige und honette Leute gab es zwar immer unter diesen Truppen, aber die gute Disziplin war ungleich seltener. Ich hätte mögen den Schrecken jener fünf Soldaten sehen.«

»Nun Hanns«, sagte Anna zu dem Diener, der aufmerksam und gespannt zuhorchte, »du hast sie ja gesehen.«

»Ich sag Ihnen, gnädiges Fräulein, wie aus Stein gemeißelt standen sie vor dem Kapitän und schämten sich, und Augen hat er auf sie dargemacht, wie der Lindwurm auf den Ritter Sankt Georg. Als die Franzosen nachher zu uns herauskamen, bin ich oft halbe Tage lang an der Landstraße von Heidelberg gestanden, und habe sie Regiment für Regiment defilieren lassen, aber der Kapitän war nie dabei; der ist wohl schon lange tot.«

»Ehre und Segen mit seinem Andenken, wo er auch sein möge«, sprach der alte Thierberg. »Ist er gestorben, so hat er doch alles, was nachher in der Welt Ungerechtes und Frevelhaftes geschah, nicht mehr mitmachen müssen. Vielleicht hat er sich auch vom Dienst zurückgezogen, als der Diktator sich zum Kaiser machte, denn mein braver Kapitän, der so nobel dachte, kann kein Freund des übermütigen Korsen gewesen sein.«

Anna lächelte, aber sie mochte das Lieblingsthema ihres alten Vaters, die Geschichte »vom besten Franzosen« nicht durch eine Apologie jenes großen Sohnes einer kleinen Insel stören.

9

Man hatte sich heute früher getrennt als sonst, und Albert, den der Schlaf noch nicht besuchen wollte, stand unter dem Bogenfenster seines altertümlichen Zimmers und schaute in das Tal hinab. Er dachte nach über alle Worte seiner schönen Cousine, er fand so viel Stoff, sie anzuklagen und sich zu bedauern, daß er das erstemal in seinem Leben im Ernste sich selbst sehr schwermütig erschien. Dieses eine Mal, nach so vielen flatterhaften und flüchtigen Geschichten, war er sich recht klar und deutlich bewußt, ernstlich zu lieben; niemals zuvor hatte er einem Gedanken an ein häusliches Verhältnis, an das Glück der Ehe Raum gegeben, und nur erst diesem fröhlichen, unbefangenen Geschöpf war es gelungen, seine Ansichten über seine Zukunft ernster, seine Gefühle würdiger zu machen. Er wunderte sich, gerade da zurückgewiesen zu werden, wo er es wirklich redlich meinte, es befremdete ihn, gerade in jenen *Augen* als flüchtig und kokett zu erscheinen, die ihn so unwiderstehlich angezogen, gefesselt hatten; er schämte sich, daß bei diesem natürlichen Kind seine sonst überall anerkannten Vorzüge ohne Wirkung bleiben sollten; er sah darin ein *böses* Vorzeichen, denn seine bisherige Erfahrung hatte ihn gelehrt, daß die Überraschung, daß der erste Eindruck entscheiden müsse.

693 Aus diesen Gedanken weckte ihn eine Flöte, die wie am gestrigen Abend süße Töne vom Wald herüberhauchte. Aufs neue erwachte in ihm der Gedanke, daß diese Serenade wohl Anna gelten könnte. Er sah schärfer nach dem Wald hinüber, und, er irrte sich nicht, es war jene Waldecke, die er heute besucht hatte, woher die Töne kamen. Schnell warf er seinen Mantel über, eilte hinab, und bat den alten Hanns, ihm das Tor zu öffnen; er gab vor, auf einem Platz im Wald, unweit des Schlosses, ein Taschenbuch zurückgelassen zu haben, dem der Nachttau schaden könnte. Die Flötenklänge, die immer weicher und schmelzender wurden, dienten ihm zu Führern nach jener Waldecke; immer eifriger drang er durch das Gebüsch, denn er hatte einen Blick nach der Burg hinübergeworfen und gesehen, daß ein weißes Tuch von Annas Fenster wehte. Schon sah er die Umrisse des Flötenspielers, schon rief er: »Halt, Freund Musikus, ich werde die zweite Stimme spielen«, da schlug dicht neben ihm ein Hund an, und als er erschreckt auf die Seite sprang, stürzte er über die Wurzeln einer alten Eiche unsanft zur Erde.

Als er sich nach einer Weile wieder aufgerichtet hatte und auf den Platz zutrat, wo der Mann mit der Flöte gesessen war, fand er weder von ihm noch von dem Hund eine Spur, wohl aber hörte er tief unten am Berg die Büsche rauschen und das Gesträuch knacken. Beschämt wandte er sich ab und sah nach dem Schloß hinüber. Ein heller Schein war an Annas Fenster, aber es war kein Tuch, wie er geglaubt hatte, sondern der Mond, der in den Gläsern sich spiegelte. Er warf sich seine Unbesonnenheit, seine Hast und Eile, sein Mißtrauen, seine Eifersucht vor. Er suchte für das Entweichen des Flötenspielers die gewöhnlichen und prosaischen Gründe auf, er *wollte* Anna unschuldig finden, und dennoch wurde er nicht ruhig.

So stand er in dem Anblick der vom Mondlicht übergossenen Burg da, als er plötzlich mit einem Schrei des Schreckens auffuhr, denn eine kalte Hand rührte an die seinige; er sah sich um, und eine dunkle Gestalt stand vor ihm. Ehe er noch fragen, sich nur fassen konnte, fühlte er, daß man ein Papier in seine Hand gedrückt habe, und zugleich stürzte sich dieses geheimnisvolle Wesen in den Wald, doch war es nicht so ätherischer Natur, daß es nicht im Forteilen das Gesträuch zerknickt und Zweige abgestoßen hätte. Albert wurde es ganz unheimlich an diesem Ort. Sein aufgeregtes Blut, die tiefe Stille der Nacht, das schaurige Dunkel der Buchen, und gegenüber die altergraue Burg, ihre Fenster vom Monde so sonderbar beleuchtet, daß er geheimnisvolle Schatten in den hohen Gemächern hin und her schleichen sah – es war ihm so bange, daß er schnell seinen Weg zurückeilte, daß er im Wald laut auftrat, nur um sich selbst in dieser unheimlichen Stille zu hören.

Die Laterne des alten Hanns warf ihm ein tröstliches Licht aus dem Tor entgegen. Eilends ließ er den Alten mit der Lampe voran nach seinem Zimmer gehen, er entrollte das Papier und erschrak vor einem fremden Unglück, denn die wenigen Zeilen lauteten:

»Dein Brief traf mich erst heute, die Antwort ein andermal. S. Z. N. und noch drei andere wurden heute frühe verhaftet und nach der Festung geführt. Ich weiß nicht, ob Du Dich schuldig fühlst, aber vernünftig wäre es, wenn Du Dich auf die Beine machtest. In *Deiner* Lage kann es nicht schaden. Ich schickte diese Zeilen an den gewöhnlichen Platz; Gott gebe, daß sie Dich treffen. Was Du auch tun wirst, Robert, sei diskret und nenne mich nie.«

Wer der unglückliche Flötenspieler gewesen sei, sah jetzt Albert deutlich; doch zu großmütig, um aus dieser Verwechselung einen Vorteil ziehen zu wollen, faßte er rasch den Entschluß, den jungen Willi zu retten. Aber fremd und unbekannt in dieser Gegend, deuchte es ihm unmöglich, dies allein auszuführen. Er schickte schnell den alten Hanns nach dem Turm, wo Anna wohnte, er ließ sie dringend bitten, ihm nur auf zwei Minuten in einer sehr wichtigen Sache Gehör zu geben. Er folgte dem Alten bis an die Türe des Saales, und dort blieb er in dem großen weiten Gemach allein, um seine Cousine zu erwarten. Zu jeder andern Zeit hätte der Anblick, der sich ihm hier darbot, mächtig auf seine Seele wirken müssen. Ein ungewisses Licht schimmerte durch die Fenster und fiel auf die Gemälde seiner Ahnen. Ihre Gestalten schienen lebendiger hervorzutreten, ihre Gesichter waren bleicher als sonst, und die ausgestreckte Hand einer längstverstorbenen Frau von Thierberg schien sich zu bewegen. Dazu rauschten die Bäume und murmelte der Fluß auf so eigene Weise, daß man glauben konnte, dieses Geräusch gehe von den Gewändern der Verstorbenen aus.

In diesen Augenblicken aber hatte er nur ein Ohr für die immer leiser schallenden Tritte des alten Dieners; sein Auge hing erwartungsvoll an der Türe, sein Herz pochte unruhig einer Gewißheit entgegen, die keine erfreuliche sein konnte.

695 Bald tönten die Schritte wieder den Korridor herauf; er strengte sein Ohr an, ob er nicht auch den leichten Tritt seiner Base vernehme, die Türe öffnete sich, und sie erschien mit Hanns und ihrem Mädchen, er sah ihrer Kleidung und ihren Augen an, daß sie noch nicht geschlummert hatte. Noch ehe sie fragen konnte, reichte er ihr schnell das Billett und sagte französisch in wenigen Worten, wie er es erhalten habe. Eine hohe Röte flammte über das schöne Gesicht, solange er sprach, sie wagte es nicht, die zarten Augenlider aufzuschlagen; doch kaum hatte sie einen Blick auf die Zeilen geworfen, so erbleichte sie, sah ihn mit großen Augen erschrocken an, und zitterte so heftig, daß sie sich an dem Tisch halten mußte.

»Ich muß sogleich hinübereilen«, sagte er näher tretend, »und nur darum habe ich dich rufen lassen, daß du mir ein Mittel angebest, wie ich durch den Fluß komme. Ich möchte bei den Domestiken nicht gerne Aufsehen erregen.«

»Zu Pferd, schnell zu Pferd«, rief sie hastig, indem sie bebend seine Hand ergriff; »schwimm hinüber, und dann schnell nach Neckareck.«

»Aber bei Nacht?« erwiderte er zaudernd, »ich kenne die Stellen nicht, wo man durchkommen kann, der Fluß ist tief und reißend.«

»Führe *mir* des Vaters Pferd heraus, Hanns!« wandte sie sich an den erschrockenen Diener; »schnell, du begleitest mich, ich will selbst hinüber!«

»Führe es heraus, Alter, aber für mich!« fiel Rantow unmutig ein; »wie magst du mich so verkennen, Anna? Du wirst mir den Weg zu einer Stelle zeigen, wo ich durch den Neckar kommen kann.«

»Nein, so geht es nicht!« sagte sie beinahe weinend und sank auf einen Stuhl nieder; »du wirst nicht hinüberkommen. Führe ihn durchs Dorf hinab, Hanns, mach unsern Kahn los und schiffe den Vetter hinüber; du mußt zu Fuß hinüber, Albert, in einer halben Stunde kannst du dort sein. O Gott! ich habe es ja schon lange geahnt, daß es so kommen würde; sag *ihm,* er soll nicht zögern, ich wolle ihn überall lieber wissen, als in einem Kerker!«

Der junge Mann drückte ihr schweigend die Hand und winkte dem Alten, zu gehen. Nie zuvor hätte er sich für fähig gehalten, so schönen Hoffnungen so schnell zu entsagen, aber der Gedanke an die schöne, kummervolle Anna, die er bis jetzt nur lächelnd gesehen hatte, spornte ihn zu immer schnelleren Schritten, und so mächtig ist in einem Herzen, das die Selbstsucht noch nicht ganz umsponnen hat, das 696 Gefühl, in einem entscheidenden Moment Hülfe oder Rettung zu geben, daß er in diesem Augenblick in dem jungen Willi nur einen Unglücklichen, und nicht Annas Geliebten sah.

Am Ufer schloß der Alte schnell den Kahn los und bat den Gast, sich ruhig niederzusetzen; aber dennoch konnte Albert diesem Gebot nicht völlig Folge leisten, denn als sie ungefähr die Mitte des Neckars erreicht hatten, hörte man deutlich den Hufschlag von Pferden und das Rollen eines Wagens von der Landstraße her, die sich jenseits dem Ufer näherte. Er richtete sich auf, trotz dem Schelten des Alten und dem unruhigen Schaukeln des Kahns, und sah im Schein einiger Laternen einen Wagen mit vier Pferden, von einigen, wie es schien, bewaffneten Reitern begleitet, vorüberfahren. »Ist dies eine Hauptstraße?« fragte er den alten Hanns; »kann dies vielleicht ein Postwagen sein, der dort fährt?«

»Hab hier noch nie einen gesehen«, erwiderte jener mürrisch; »und um einen Postwagen zu sehen, möchte ich kein kaltes Bad im Neckar wagen.«

»Schnell! wo geht man nach Neckareck, nach dem Gut des Generals?« fragte Albert, welcher besorgte, er möchte zu spät gekommen sein. »Spute dich, Alter!«

»So lassen Sie mich doch den Kahn erst wieder anschließen!« sagte Hanns; »doch wenn Sie Eile haben, nur hier links immer die Straße fort, sie führt gerade auf das Schloß zu; ich will schon nachkommen.«

Der junge Rantow lief mehr, als er ging; der Alte keuchte mühsam hinter ihm her, aber sooft er ihn erreicht hatte, lief jener wieder schneller, als würde er verfolgt. Endlich sah er das Schloß mit seinen weißen Säulen durch die Nacht schimmern; es fiel ihm ängstlich auf, daß viele Fenster erleuchtet waren, und als er näher kam, sah er deutlich Menschen an den Fenstern hin und her laufen. Der Schrecken dieser Nacht und die ungewöhnlich schnelle Bewegung hatten seine Kräfte beinahe erschöpft, aber dieser beunruhigende Anblick trieb ihn zu noch rascherem Laufen, in wenigen Minuten langte er an dem Schloß an, aber er mußte sich an die Pforte lehnen und nach Atem suchen, ehe er eintrat.

Der erste, dem er an der erleuchteten Treppe begegnete, war der Gardist, ein alter, französischer Kriegsgefährte des Generals, der jetzt mehr den Haushofmeister als den Diener spielte. Er schien bleicher als sonst, und schlich trübselig die Treppe herab. »Wo ist Euer junger Herr?« rief Albert hastig, »führt mich schnell zu ihm.«

»Sacre bleu!« antwortete der Gardist erstaunt, als er den jungen Mann erkannte; »weiß es Fräulein Anna schon? o la pauvre enfant!«

»Wo ist Robert«, rief Rantow drängender.

»Il est prisonnier«, erwiderte er traurig; »auf die Festung gebracht comme ennemi de la patrie, comme démocrate; vier Dragons de la gensdarmerie haben ihn eskortiert, oh, mein armer Monsieur Robert!«

»Führt mich zum General!« sagte Rantow, als er diese Nachricht hörte.

»Monsieur le Général est sorti.«

»Wohin?« rief der junge Mann, unwillig darüber, daß er jedes Wort dem alten Soldaten abfragen mußte.

»Mit seinem Sohn à la capitale, zu fragen: was Monsieur de Willi verschuldet.«

Als Rantow sah, daß hier nichts mehr zu tun sei, suchte er einen andern Bedienten auf, und ließ sich die näheren Umstände der Verhaftung erzählen. Er hörte, daß spät abends, in Roberts Abwesenheit, ein Kommissär angekommen sei, der, nach einer kurzen Rücksprache mit dem General, die Papiere des jungen Willi untersucht und teilweise versiegelt habe. Darauf sei Robert nach Hause gekommen und habe sich gutwillig darein ergeben, dem Kommissär zu folgen; er habe seinem Vater das Wort darauf gegeben, daß man ihn unschuldig finden werde; das letztere hatte der General einem Bedienten befohlen, am nächsten Morgen dem Herrn von Thierberg und seiner Familie zu sagen; er habe sich dann zu Pferd gesetzt und sei, nur von einem Bedienten begleitet, vom Schloß weggeritten. Der junge Willi selbst hatte weder nach Thierberg noch sonst wohin Aufträge zurückgelassen.

Soviel erfuhr Albert, und diese Nachrichten waren nicht dazu geeignet, ihn auf dem Rückweg freudiger zu stimmen. Er konnte auf den Trost, welchen Robert seinem Vater gegeben, keine große Hoffnung bauen, und vor allem war ihm vor dem Augenblick bange, wo er die schmerzliche Kunde der trauernden Anna bringen sollte.

10

Es waren seit jener traurigen Nacht mehrere Wochen verstrichen; sie deuchten der armen Anna ebenso viele Monate. Das Laub der Bäume fing schon an, sich zu bräunen, der Herbst mit seinem fröhlichen Gefolge war in das Tal eingezogen, Gesang und Jubel schallte von den Rebhügeln, schallte antwortend aus dem Fluß herauf, welcher Kähne, mit Trauben schwer belastet, abwärts trug. Als würde einem verwegenen, in diesen Bergen eingedrungenen Feind ein Gefecht geliefert, so krachte Büchsen- und Pistolenfeuer aus den Weinbergen, doch nicht das Wutgeschrei zurückgeworfener Kolonnen, sondern das Jauchzen einer freudeberauschten Menge stieg auf, wenn die Gewehre recht laut knallten, oder wenn die vorspringenden Ecken der Bergreihen die tiefere Stimme eines Pfundböllers zehnfach nachriefen.

Mit verschiedenen Empfindungen sahen die Bewohner des Schlosses Thierberg diesem fröhlichen Treiben von einer altertümlichen Terrasse des Schlosses zu. Der junge Rantow blickte unverwandt und mit glänzenden Augen auf dieses Schauspiel, das ihm ebenso neu als anziehend erschien. Er hatte in seiner Heimat, im Kreise vertrauter Freunde, oft bemerkt, wie der Wein, diese Himmelsgabe, die Wangen freundlicher färbte, die Zungen löste, und zu traulichem Gespräch, wohl auch zum Gesang, selbst die Ernsteren fortriß; doch nie hatte er gedacht, daß eine noch rauschendere Freude, ein höherer Jubel mit der Bereitung des fröhlichen Trankes sich verbinden könnte. Wie poetisch deuchte ihm dieses lebhafte Gemälde! Welch frische, natürliche Bilder zeigte ihm sein Opernglas! Diese Gruppen hatte der Zufall geordnet, und doch schienen sie ihm reizender, als was die Kunst je erfunden. »Siehe«, sagte er zu Anna, die, den schönen Kopf auf den Arm gestützt, ihm gegenüber saß und zuweilen einen ernsten Blick über das Tal hingleiten ließ, »siehe, dort gegenüber jenen Alten mit den silbergrauen Haaren; wie viele solche Herbste mag er schon gesehen haben! Wahrlich, ich könnte an der Gruppe um ihn her seine Lebensgeschichte studieren. Der blonde Knabe, der ihm eben die große Traube brachte, ist wohl sein Enkel; den jungen Burschen, der mit der Pritsche die Mädchen neckt und durch seine Scherze von der Arbeit abhält, indem er sie anzutreiben scheint, halte ich für seinen jüngern Sohn; siehe, jenes Mädchen hat seinen Schlag derb erwidert, sie ist wohl das Liebchen des muntern Burschen, denn sie lachen alle und verspotten ihn. Dieser gebräunte, breite Mann von vierzig, der soeben den ungeheuern, mit Trauben gefüllten Korb auf seine Schultern hob, ist wohl der ältere Sohn und des blonden Knaben Vater. So hast du die vier Altersstufen, die sie wohl alle ohne viele Änderung durchlaufen mögen.«

»Gewiß, ohne viele Änderung und ohne viel Vergnügen«, bemerkte der alte Herr von Thierberg, der gleichgültig hinabblickte, »das ewige Einerlei seit vielen hundert Jahren. Der Kleine dort wird jetzt bald in die Schule getrieben und von seinem Schulmeister täglich geprügelt, gerade wie vorzeiten sein Großvater. Der junge Bursche wird bald Soldat, oder auf ein paar Jahre Knecht in der Stadt. Kömmt er dann nach Hause, und der Vater ist tot, so bekommt er sein kleines Stückchen Erde und glaubt heiraten zu müssen; und hat er vier Kinder, so werden sie, wenn auch er einst stirbt, das armselige Erbe unter sich teilen, und gerade viermal ärmer sein, als er. So treibt es sich herauf und herab; zu dem Pulver, das sie heute verschießen, haben sie ein ganzes Jahr gespart, um doch auch *einen* Tag zu haben, an welchem sie sich betäuben können; und das nennen sie lustig sein! das nennen die Städter ein Fest, ein malerisches Volksvergnügen!«

»Nein! Sie sehen es zu düster an, Oheim!« entgegnete der Gast. »Mir scheint, ich gestehe es, eine wundervolle Poesie in diesem Treiben zu liegen. Diese Menschen sind so behende, so lebendig, so regsam. Stellen Sie einmal meine Märker hieher, wie unbeholfen und ungeschickt sie sich benehmen würden! Ich schäme mich heute noch der

699

Unerfahrenheit, die ich letzthin zeigte; ich nahm in einem Ihrer Weinberge einem hübschen Mädchen das gebogene Messer ab und versprach, sie zu unterstützen; als ich die erste Traube abgeschnitten hatte und sie in das Körbchen legte, betrachtete das Mädchen nur den Stiel der Traube und sagte lächelnd: ›Er hat wohl noch nicht oft Trauben geschnitten‹; und siehe, ich hatte, statt schief zu schneiden, gerade geschnitten. Nein! mir scheint diese Weinlese ein fortdauernder Festtag der Natur, eine liebliche, verkörperte Poesie.«

»Poesie?« erwiderte Anna, indem sie einen trüben, wehmütigen Blick auf die Berge gegenüber warf; »eine Poesie, die mir das Herz durchschneidet. Mir erscheint dieses fröhliche Treiben wie ein Bild des Lebens. Unter langem Jammer und Ungemach ein Tag der Freude, der durch seine hellen freundlichen Strahlen das öde Dunkel umher 700 nur deutlicher zeigt, aber nicht aufhellt! Oh, kenntest du erst das Leben dieser Armen näher! Wenn du sie beim ersten Erwachen des Frühlings sehen könntest! Jeder Winter verwüstet ihre steilen Gärten; der Schnee löst sie auf und reißt ihre beste, fruchtbarste Erde mit sich hinab. Aber rastlos zieht jung und alt heraus. Die Erde, die ihnen das Wasser nahm, tragen sie wieder hinauf, und legen sie sorglich um ihre Reben her. Vom frühesten Morgen, in der Glut des Mittags, bis am späten Abend, steigen sie, schwer beladen, die steilen, engen Treppen hinan. Welche Freude, wenn dann der Weinstock schön steht und nach den Blüten treibt; aber wie bitter ist zugleich ihre Sorge, denn der kleinste Frost kann ihre zarte Pflanze vernichten. Und fällt nun der böse Tau oder eine kalte Nacht, wie schauerlich ist dann ihr Geschäft anzusehen. Alle, selbst die kleinsten Kinder, strömen noch vor Tag in den Weinberg. Dort legen sie alte Stücke von Kleidern und Tüchern unter die Rebstöcke und brennen sie an, daß der qualmende Rauch die zarte Pflanze schützen möchte. Wie arme Seelen, ins Fegfeuer verbannt, schleichen sie um die kleinen, zuckenden Feuer und durch die Schleier, die der Rauch um sie zieht. Die Kleinen rennen umher, sie können noch nicht berechnen, welches Unglück sie sehen, aber die Männer und Weiber wissen es wohl; es ist *eine* kühle Morgenstunde, die das Werk langer, mühesamer Wochen zerstört, und sie ohne Rettung noch tiefer in die Armut senkt.«

»Wahrhaftig! Du bist krank, Anna!« sagte der alte Herr, indem er lächelnd zu ihr trat, und, doch nicht ohne leise Besorglichkeit, seine Hand auf ihre schöne Stirne legte; »du warst ja doch sonst so fröhlich im Herbst, gabst solchen bösen Gedanken niemals Raum und freutest dich mit den Fröhlichen. Bist du krank?«

Anna errötete und suchte fröhlicher zu scheinen, als sie es war. »Krank bin ich nicht, lieber Vater«, erwiderte sie, »aber ich bin doch alt genug, um sogenannte Herbstgedanken haben zu dürfen. Man kann doch nicht immer fröhlich sein, und – mein Gott!« rief sie, indem sie errötend aufsprang – »ist er es nicht? – seht dort! –«

»Willi?« – rief Rantow verwundert, und wandte sich nach der Seite, wohin Anna deutete.

»Wer denn?« sagte der Alte, indem er bald seine zitternde und verwirrte Tochter, bald seinen Gast ansah. »Wie kömmst du nur auf Willi? Wer soll denn kommen? So sprechet doch!«

Aber in diesem Augenblicke trat auch schon der, dem Annas Ausruf gegolten hatte, herein, es war der *alte Gardist*. Er war noch nicht ganz auf die Terrasse getreten, als schon Anna, jede andere Rücksicht vergessend, zu ihm hinflog, seine Hand ergriff und eine Frage aussprechen wollte, zu welcher ihr der Atem fehlte. Der alte Soldat zog lächelnd seine Hand zurück, grüßte mit militärischem Anstand, und berichtete, in Form eines militärischen Rapports, daß der General noch diesen Abend zu Hause eintreffen, und –

»Ist er frei?« unterbrach ihn Anna.

»– und seinen Sohn mitbringen werde, der auf sein Ehrenwort und die Kaution, die der Herr General gestellt habe, aus der Haft entlassen worden sei.«

In Annas Augen drängten sich Tränen, sie zitterte heftig und setzte sich nieder; der alte Thierberg, durch diesen Anblick überrascht, preßte die Lippen zusammen und blickte seine Tochter unwillig an, und Albert, der in den Zügen seines Oheims las, daß jener ein Geheimnis ahne, dessen Teilnehmer er bis jetzt allein gewesen war, fühlte sich befangen; er fürchtete für Anna, und erst in diesem Augenblick wurde es ihm deutlich, daß es für ihn selbst besser gewesen wäre, sich nie in diese Angelegenheit zu mischen. »Ich lasse dem Herrn General danken und Glück wünschen«, sagte nach einer peinlichen Pause Herr von Thierberg zu dem Grenadier und winkte ihm, zu gehen. »Wünsche nur«, fuhr er fort, indem er auf der Terrasse mit heftigen Schritten auf und ab ging, »wünsche nur, daß die paar Wochen Gefängnis eine gute Wirkung auf den Herrn Weltstürmer gehabt haben mögen! Ein paar Monate hätten nicht schaden können, wäre es auch nur gewesen, um das heiße Blut abzukühlen und die vorschnelle Zunge zu fesseln. Aber das alles ist das Erbteil seiner hochweisen Frau Mama! Ein junger Mann von unbeflecktem Adel hätte sich so weit nicht verirrt; aber das gewinnt man bei solchen Heiraten; weil sie sah, daß man in unserm Zirkel ihre Abkunft nicht vergessen habe, hat sie ihrem Sohn solche tolle, republikanische Ideen eingeprägt und ihn zu einem Toren, wo nicht zu einem verderblichen Menschen gemacht.« Diese und andere Worte stieß er schnell und heftig aus, und plötzlich blieb er vor seiner Tochter stehen, sah sie mit grimmigen Blicken an und sagte dann: »Ich glaube jetzt in der Tat, daß du kränker bist, als ich dachte; geh auf dein Zimmer! – ich werde mit dem Vetter diesen Abend allein speisen; geh!«

Das arme Kind ging hinweg, ohne ein Wort zu sagen; sie mochte die Natur ihres Vaters kennen und wissen, daß jeder Widerspruch seinen Zorn steigere, sie mochte auch fühlen, was in diesem Augenblick in seiner Seele vorgehe, wo sie zu wenig Macht über sich besaß, um ihr Geheimnis zu verbergen.

Als sie weggegangen war, schritt der Alte wieder eine Zeitlang schweigend hin und her; dann trat er zu seinem Neffen und fragte mit bewegter Stimme: »Was sagst du zu dem Auftritt, den wir da gesehen haben? Meinst du wirklich, es wäre möglich?«

»Ich kann Sie nicht verstehen, lieber Oheim.«

»Nicht verstehen, Junge? so soll ich es denn selbst in den Mund nehmen? Wisse – ich habe entdeckt, daß Anna den – den von drüben – nun daß sie den Sohn des Generals liebt. Zum Teufel, Junge! Du erwiderst nichts? wie magst du so – so gleichgültig aussehen, wenn von der Ehre deiner Familie die Rede ist? Rede!«

»Ich kann nichts hierin sehen«, entgegnete der junge Mann trotzig, »was etwa der Thierbergschen Ehre zu nahe treten könnte. Der alte Willi ist von Adel, ist ein berühmter General, ist reich –«

»Also abkaufen sollen wir uns unsere Ehre lassen, abhandeln? – Bursche, wenn du nicht mein Neffe wärest – Gott strafe mich, aber ich kenne mich selbst nicht, wenn ich in Wut bin. – Reich? Siehe, für so schlecht und niederträchtig halte ich mein Kind selbst nicht, daß es daran gedacht haben sollte. Siehe dich um – so weit du sehen kannst, war einst alles – alles mein; ich habe nichts mehr, als diese verfallenen Türme und eine Hufe Landes, wie der gemeinste Bauer, aber auch dieses soll diese Nacht noch hinfahren, in den Schuldturm soll man mich werfen, mich auspfänden, mein altes Wappen entzweischlagen, wenn ich je zugebe –«

»Oheim!« fiel ihm der Neffe erbleichend ins Wort: »Bedenken Sie sich zuvor, ehe Sie einen solchen Frevel aussprechen! Was kann dieser junge Mann dafür, daß sein Vater reich ist? beträgt er sich denn aufgeblasen? macht er Ansprüche auf seinen Reichtum? Ich sagte es ja vorhin nur so in der Übereilung.«

»Nein, das tun sie nicht die Willis«, antwortete nach einer Pause der Alte; »das ist noch ihre gute Seite. Aber das macht ihn nicht besser.

Seine Grundsätze sind es, die ich hasse; er ist mein bitterster Feind!«

»Wie wäre dies möglich?« erwiderte Rantow beruhigend; »wie könnte er *Ihr* persönlicher Feind sein!«

»Was persönlicher Feind!« rief Thierberg heftiger, »solche Feindschaft kenne ich nicht, und mein Feind müßte ein anderer sein, als dieser Knabe; aber ein Todfeind bin ich all diesem Wesen, diesen Neuerungen, diesem Deutschtum, Bürgertum, Kosmopolitismus, und welche Namen sie dem Unsinn geben mögen, und dessen treuester Anhänger eben dieser junge Mensch da ist. Das ganze erste Viertel des neunzehnten Jahrhunderts hatte den verdammten Geschmack dieses Unwesens, und man wird sehen, wohin es im jetzigen kömmt, wenn diese Menschen und ihre Gesinnungen um sich greifen; aber, so wahr Gott lebt, man soll von dem letzten Thierberg nicht sagen können, daß er in seinen alten Tagen einem dieser Weltverbesserer die Hand zur Unterstützung gereicht hätte!«

»Aber, Oheim!« fiel Albert ein, dem es in diesem entscheidenden Augenblicke keine Sünde deuchte, gegen seine eigene Überzeugung zu sprechen, »gibt es denn in diesem Jahrhundert auch nur *eine* Familie, die nicht, wenn man sie einzeln durchginge, die verschiedensten Gesinnungen in sich schlösse? Wird denn der einzelne Mann dadurch schlechter, daß er eine andere Meinung hat, als wir? Ist nicht Protestant und Katholik in den Augen des Vernünftigen gleich viel wert? Denkt nicht der General selbst ganz verschieden von seinem Sohn?«

»Laß mir den Glauben aus dem Spiel, Neffe!« entgegnete jener; »darüber zu richten geht weder dich noch mich an. Aber dieser General vollends, der meinen Todfeind als Schutzpatron anbetet, und diesen Buonaparte für den heiligen Georg hält, der den Lindwurm des veralteten Jahrhunderts tötete; *diesen* in *meiner* Familie! Es würde mich töten.«

»Aber wissen Sie denn, ob auch der junge Willi Ihre Tochter liebt? Hat denn Anna irgend etwas gestanden?«

Der Alte sah seinen Neffen bei dieser Frage lange und erschrocken an; dann fuhr er nach einigem Nachsinnen gefaßter fort. »Nein! einer solchen Schmach halte ich sie nicht fähig; meinst du, *meine* Tochter werde sich in einen solchen – Menschen verlieben, ohne daß er sie zuvor mit tausend Künsten dazu verlockte? Nein! dazu ist sie mir noch immer zu gut; aber – ich will mir Gewißheit verschaffen!«

Er sprach es, und noch ehe ihn Rantow aufhalten konnte, eilte der alte Mann hinweg, um seine Tochter zur Rede zu stellen. Düster schaute ihm der Gast aus der Mark nach. »Wahrlich, wenn die Aktien so stehen, werde ich weder Brautführer noch Hochzeitgast in Thierberg sein«, sprach er, »der Alte müßte sich denn durch ein Wunder in einen Demagogen, oder der Demagoge in einen rechtgläubigen Verehrer der alten Reichsritterschaft verwandeln.«

704

11

Es hatte dem General Willi nicht geringe Mühe gekostet, von seinem Sohn das Unglück einer längeren Gefangenschaft abzuwenden. Sein Ansehen war zwar in der Hauptstadt jenes Landes, welchem sein Gut angehörte, durch den Wechsel der Verhältnisse und Meinungen nickt gesunken; man verehrte in ihm einen Mann von hohem Verdienst, militärischer Umsicht und Tapferkeit, und es gab manche, die ihn wegen seiner treuen und ausdauernden Anhänglichkeit an jenen Mann, der einst das Schicksal Europas in der Rechten getragen, bewunderten; es gab viele, die ihm, wenn sie auch diese Bewunderung nicht teilten, doch wegen der Beharrlichkeit und Charakterstärke, die er in den Tagen des Unglücks entfaltet hatte, wohlwollten. Dennoch mußte er sein ganzes Ansehen aufbieten, manche Türe öffnen, um seinem Sohn, den man *des Verdachtes, mit Verdächtigen in Verbindung zu stehen,* beschuldigte, nützen zu können.

Der General war ein Mann von zu großem Rechtsgefühl, als daß er, wenn er seinen Sohn schuldig glaubte, diese Schritte für ihn getan hätte. Aber es genügte ihm an der einfachen Versicherung seines Sohnes. »Ich teile«, hatte er ihm gesagt, als er verhaftet wurde, »ich teile im allgemeinen die Gesinnungen jener Männer, die man jetzt zur Untersuchung zieht, aber – ich teile weder ihre Pläne, noch die Ansichten, die sie über die Mittel zum Zweck haben. Ich habe nur *gedacht,* nie *gehandelt,* habe mir selbst gelebt, nicht mit andern, und Beschuldigungen, welche andere treffen mögen, werden nie auf mich kommen.« So war es denn gelungen, den jungen Willi auf so lange frei zu machen, als nicht stärkere Beweise, die gegen ihn vorgebracht würden, seine Anwesenheit vor den Gerichten notwendig machten, eine Schonung, die er nur der Fürsprache seines Vaters und dem Vertrauen verdankte, das man in die Bürgschaft des Generals Willi setzte.

Sie konnten sich beide wohl denken, welches Aufsehen dieser Vorfall in der Umgegend von Neckareck gemacht haben mußte; hätten sie in einer Stadt gewohnt, so würden sie sich wohl damit begnügt haben, ihren Bekannten von ihrer Rückkunft Nachricht zu geben; aber die Sitte auf dem Land fordert größere Aufmerksamkeit für gute Nachbarn; man mußte fünf oder sechs Familien im Umkreis von drei Stunden besuchen, mußte ihre Neugierde über diesen Vorfall umständlich befriedigen; kurz, man mußte sich zeigen, wie man sich etwa nach einer überstandenen Krankheit bei den Bekannten wieder zeigt und für ihre Teilnahme Dank sagt. Als aber der General mit seinem Sohn am dritten Tag nach ihrer Rückkehr nach Thierberg aufbrach, war es noch ein anderer Grund, als Höflichkeit gegen gute Nachbarn, was sie dorthin zog. Der junge Willi mochte in den einsamen Wochen seiner Gefangenschaft Zeit gefunden haben, über sein Leben und Treiben nachzudenken, er mochte gefunden haben, daß ihn jene politischen Träume, welchen er nachgehängt hatte, nicht befriedigen könnten, daß es ein höheres, reineres Interesse gebe, wodurch sein Leben Bedeutung und Gehalt, seine Seele Ruhe und Zufriedenheit gewänne.

Der General lächelte, als ihm Robert sein Verhältnis zu Anna entdeckte, und die Wünsche auszusprechen wagte, die sich mit dem Gedanken an die Geliebte verbanden. Er lächelte und gestand seinem Sohn, daß er längst dieses Verhältnis geahnet, daß er gewünscht habe, das unruhige Treiben des jungen Mannes möchte eine festere Richtung annehmen. »Ich kenne dich«, sagte er ihm, »wärest du zu jener Zeit jung gewesen, wo wir in Europa umherzogen, um Krieg zu führen, so hätte deine Phantasie mit aller Kraft die großartigen Bilder des Krieges ergriffen, ich hätte dir den ersten Raum geöffnet, du selbst hättest dann deine Laufbahn gemacht. Daß du in diesen stillen Feiertagen des Jahrhunderts nicht dienen willst, kann ich dir nicht übelnehmen. Des Umherschweifens in der Welt bist du satt, das Leben in den Salons genügt dir nicht, so bleibe bei mir; besorge an meiner Statt meine Güter, ich kann dabei nur gewinnen; ich gewinne Zeit für mich und meine Erinnerungen, gewinne dich, und –« setzte er mit einem freundlichen Händedruck hinzu, »wenn du anders deiner Sache gewiß bist, gewinne ich Anna.«

Sie besprachen dieses Kapitel auch auf dem Weg nach Thierberg wieder, und Robert gab seinem Vater Vollmacht, bei dem Alten um Anna für ihn zu werben. Sie verhehlten sich nicht, daß eine nicht unbedeutende Schwierigkeit im Charakter des alten Thierberg liegen könne; ihre Gesinnungen hatten so oft die seinigen beinahe feindlich durchkreuzt; man hatte sich wegen Meinungen so oft gezankt, man war oft unzufrieden, beinahe verstimmt auseinandergegangen; aber sie trösteten sich damit, daß er doch nie persönliche Abneigung gezeigt habe, und die Vorteile, die für Thierberg aus dieser Verbindung hervorgingen, erschienen so bedeutend, daß der General, als sie über die Zugbrücke ritten, sich schon im Geiste als Vater der schönen Anna zu sehen glaubte, und vertrauungsvoll auf das Thierbergische Wappen über dem alten Portal zeigte: »»Mut gewinnt‹, führen sie als Symbol im Wappen«, flüsterte er seinem Sohn zu, »das fügt sich trefflich, denn weißt du noch, was der Wahlspruch *deiner* Ahnen war?«

»*Der Will' ist stark!*« rief der junge Willi, freudig errötend. »*Mut gewinnt – und der Will' ist stark!*«

Im Schloßhof empfing Rantow die Angekommenen; er entschuldigte seinen Oheim mit einem kleinen gichtischen Anfall, der ihn verhindere, die steile Treppe herabzusteigen und seinen Gästen entgegenzugehen. Er sagte dies schnell und nicht ohne einige Verlegenheit, die er hinter einem Schwall von Glückwünschen für Robert Willi zu verbergen suchte. Nach den Verhältnissen, die gegenwärtig in den alten Mauern von Thierberg herrschten, konnte nicht leicht etwas störender wirken, als dieser Besuch. Man hatte zwar den Vetter aus der Mark nicht mit in das Geheimnis gezogen; der Vater schien es zu bereuen, daß er sich nur so weit gegen seinen Neffen ausgesprochen habe, und Anna hatte mit ihm seit einigen Tagen nie mehr über Willi gesprochen, sei es auf ein Verbot ihres Vaters, sei es aus Argwohn, er möchte dem Alten ihr Geheimnis verraten haben. Seit jenem Abend jedoch, wo die Rückkehr Roberts angekündigt worden war, herrschte eine Spannung, die um so drückender wurde, da die ganze Gesellschaft zwar aus dreierlei Parteien, aber – nur aus drei Personen bestand.

Anna sprach wenig, hielt sich meist auf ihrem Zimmer auf, wohin Albert noch niemals eingeladen worden war; der Alte war mürrisch, aufbrausender als sonst gegen seine Diener, gegen seinen Gast herzlich, wie zuvor, aber ernster und einsilbiger, gegen seine Tochter kalt und gleichgültig. Er trank, trotz der bittenden Blicke, die Anna zuweilen nach ihm hinzusenden wagte, mehr Wein, als gewöhnlich, schimpfte dann auf die ganze Welt, verschlief den Nachmittag, und ließ sich abends den Amtmann holen, um ein Spiel mit ihm zu machen. Dann setzte sich Anna mit ihrer Arbeit in ein Fenster, ließ sich von dem Vetter etwas vorlesen, aber Tränen, die hin und wieder auf ihre Hand herabfielen, zeigten dem jungen Mann, wie wenig ihr Geist mit dem beschäftigt sei, was er eben las. Der Anfall von Gicht, der über den Alten kam, machte die Sache womöglich noch schlimmer; man sah, wie er alle Kraft aufbot, seine Schmerzen zu unterdrücken, nur um der natürlichen Hülfe seiner Tochter weniger zu bedürfen, und wenn Fälle eintraten, wo er diese Hülfe nicht abweisen konnte, wenn das schöne Kind bleich und mit Tränen im Auge vor ihm kniete, um seine Beine in warme Tücher zu hüllen, da wandte er sich ab, pfiff irgendein altes Liedchen, nannte sich einen Mann, der bald in die Grube fahren müsse, und fand es schön, daß doch ein Enkel der Thierberge zugegen sein werde, wenn man den letzten dieses Namens beisetze.

Rantow wußte zwar, daß sein Oheim das Gastrecht gegen seine Nachbarn nicht verletzen werde, aber diese letzten Tage fielen ihm schwer auf die Seele, als er die Fremden die Treppe hinanführte, und er sah voraus, daß die beiden Willis gewiß nichts dazu beitragen würden, die Verstimmung aufzulösen.

Der Empfang war übrigens herzlicher, als er sich gedacht hatte; es gibt eine gewisse höfliche Freundlichkeit, die man sich angewöhnen kann, ohne sich dessen bewußt zu werden. Besonders auffallend erscheint diese Eigenschaft, wenn sich Männer begrüßen, von welchen wir wissen, daß sie keiner Heuchelei fähig sind, und die dennoch, sei es durch Meinungen, sei es durch Verhältnisse, sich feindlich gegenüberstehen. So schien es auch der alte Thierberg nicht über sich vermögen zu können, sein gewohntes: »Ah! schön, schön! Freut mich – Platz genommen!« diesmal mit einem kälteren und förmlicheren Gruß zu vertauschen, und die fünfhundertjährige Gastfreundschaft dieser Burg schien die unwillkommenen Gäste in ihre schützenden Arme zu schließen. *Ein* Blick von Anna hatte dem jungen Willi gesagt, was hier vorgegangen sei; er fand sie blaß, ihre Stimme nicht so fest, wie sonst, es lag Kummer um den holden Mund, und ihre Augen schienen weicher geworden zu sein. Er pries im stillen ihren richtigen Takt, daß sie mehr zu dem General sprach, als zu ihm, denn er hätte, von diesem Anblick ergriffen, nicht Fassung genug gehabt, Gleichgültiges mit ihr zu reden. Rantow, der einen ganz andern Auftritt erwartet hatte, wunderte sich, daß auch in diesem »ehrlichen Schwaben«, wo ihm 708 sonst alles so offen und ehrlich deuchte, vier Menschen, die sich so nahestanden, ein so falsches Spiel unter sich spielen könnten, ihre Gedanken, ihre Leidenschaften unter einer so ruhigen Hülle zu verdecken wüßten. Er sah staunend bald den jungen Willi und den alten Thierberg an, die ganz ruhig und abgemessen sich über die Ereignisse der letzten Wochen besprachen; bald hörte er auf das Gespräch zwischen dem General und der Geliebten seines Sohnes, die dasselbe Thema, nur mit Veränderungen, abhandelten, wobei übrigens Anna eine solche Ruhe an den Tag legte, daß sie nie hastig fragte, von nichts mehr, als schicklich, ergriffen war. Der General wandte sich im Gespräch, und ging mit ihr langsam im Saal auf und ab, er stellte sich endlich, wie zufällig, in einen tiefen Fensterbogen, und Albert entging es nicht, daß er sich dort schnell zu dem schönen Mädchen herabbückte, ihr etwas zuflüsterte, was eine tiefe Röte auf ihre Wangen jagte; sie schien erschrocken, sie faßte seine Hand, sie sprach leise aber heftig zu ihm, aber er – lächelte, schien sie zu beruhigen, zu trösten, und so stolz und zuversichtlich war seine Stirne, waren seine Züge, als müßte er in diesem Augenblick seine Division ins Feuer führen, um den schwankenden Sieg zu entscheiden.

Der Gast aus der Mark ahnete, daß dort in jenem Fensterbogen ein Entschluß gefaßt oder mitgeteilt worden sei, der auf Annas Schicksal sich beziehe, und das Herz pochte ihm, wenn er an den eisernen Trotz seines Oheims dachte. Die Diener hatten indessen Wein herbeigebracht, man setzte sich in eines der weiten Fenster, und wenn nur die Gemüter der fünf Menschen, die um den kleinen Tisch saßen, weniger befangen waren, der schöne Tag, der Anblick des herrlichen Tales, das vor ihnen lag, hätte sie zu immer höherer Freude stimmen müssen.

Der General, dem es peinlich sein mochte, daß das Gespräch nach und nach zu stocken anfing, bat Anna um ein Lied, und ein Wink ihres Vaters bekräftigte diese Bitte. Man brachte ihre Gitarre herbei, der junge Willi stimmte die Saiten, aber waren es die Worte des Generals, war es der Anblick ihres Vaters, war es die lang ersehnte Nähe des Geliebten, was sie verwirrte, sie errötete und gestand, daß sie in diesem Augenblick kein passendes Lied zu singen wüßte. Man schlug vor, man verwarf, bis Rantow beifiel, wie man einst in Berlin eine berühmte schöne Sängerin von einer ähnlichen Verlegenheit befreite; er schnitt kleine Zettel und ließ jeden ein Lied aufschreiben; dann faltete er die Papiere geschickt und zierlich zusammen, schüttelte sie als Lose durcheinander und ließ die Sängerin eines wählen.

Sie wählte, sie öffnete das Los und errötete sichtbar, indem sie den General besorgt anblickte. »Das hat niemand anders als Sie geschrieben«, sagte sie, »warum denn gerade *dieses* Lied? Es ist nicht immer politisch, ein politisches Lied zu singen!«

»Wenn es nun aber mein Lieblingslied ist?« erwiderte Willi; »ich appelliere an Ihren Vater; stand nicht die Wahl durchaus frei?«

»Gewiß!« antwortete der Alte, »du singst Anna; und wenn das Lied Politik enthalten sollte – nun, erdichtete Politik kann man ja immer noch ertragen.«

Sie nickte schweigend Gehorsam zu; aber von jenem Augenblick an, wo sie mit einem kurzen, aber kräftigen Vorspiel den Gesang anhob, schien auf ihren lieblichen Zügen eine Art von Begeisterung aufzugehen; eine zarte Röte spielte auf ihren Wangen, ihre Augen glänzten, und um den schönen Mund, der die Töne so voll und rund hervorströmen ließ, spielte anfangs ein Lächeln, das mehr und mehr in Wehmut überging. Es war eine französische Ode, aus welcher sie einige Stellen vortrug; die Melodie, bald heiter, ermunternd, bald erhaben und triumphierend, bald ernst und getragen schmiegte sich an das wechselnde Versmaß und den Gedankengang der Strophen, und so süß war ihre Stimme, so ausdrucksvoll ihr Vortrag, so hinreißend ihr ganzes Wesen, das mit dem Gesang sich zu verschmelzen schien, daß die Männer, wenn sie gleich über den Gegenstand die verschiedensten Gesinnungen hegten, doch von dem Strom der Töne mit fortgerissen wurden. Wie erhaben war ihr Vortrag, als sie sang:

»Cachez ce lambeau tricolore …
C'est sa voix: il aborde, et la France est à lui.«

Ernst, beinahe traurig, doch nicht ohne Triumph, fuhr sie fort:

»Il la joue, il la perd; l'Europe est satisfaite
Et l'aigle, qui, tombant aux pieds du Léopard,
Change en grand capitaine un héros de hasard,
Illustre aussi vingt rois, dont la gloire muette
N'eût jamais retenti chez la postérité;
Et d'une part dans sa défaite,
Il fait à chacun d'eux une immortalité.«[1]

710

Als sie geendet hatte, legte sie die Gitarre nieder und ging, während die Männer noch in verlegener Stille saßen, schnell hinweg.

»Il la joue, il la perd«, sprach der alte Thierberg lachend, »eine große Wahrheit! und dieser Dichter, wer er auch sein mag, konnte jenen Mann nicht besser schildern; seine ganze Größe bestand ja nur darin, daß er das rouge et noir so hoch als möglich spielte, und der alte Satz, daß der *kaltblütigste* Spieler endlich gewinnt, bestätigte sich an ihm. Der Leopard hat doch die Bank gesprengt, und Wellington wird es eben darum keinen Kummer machen, wenn man ihn héros de hazard nennt.«

»Wie lächerlich sind solche Hyperbeln«, rief Rantow, »als ob zwanzig Könige ihren Nachruhm, ihre Unsterblichkeit diesem Sommerkönig zu verdanken hätten! Was uns betrifft wenigstens, so wird man eingestehen müssen, daß der Ruhm der preußischen Waffen älter ist, als der des sogenannten Siegers von Italien, und nicht erst von der großen Nation geadelt werden mußte.«

»Und dennoch«, erwiderte der General mit großer Ruhe, »dennoch wird man *einst* nicht sagen, es war Buonaparte, der zur Zeit dieses oder jenes Königs lebte – man wird sagen, Herr von Rantow, sie waren Zeitgenossen Napoleons; doch was den Obergeneral des englischen Heeres in der Bataille von Mont St. Jean betrifft, so möchte es die Frage sein, ob ihm der Titel héros de hazard sehr angenehm ist; so

1   Sept Messéniennes nouvelles par M.C. Delavigne. 1re Le Départ.

viel ist wenigstens gewiß, daß er jene Schlacht nicht gewonnen, sondern *nur – nicht verloren* hat.«

»Es ist ein Glück für die Welt«, bemerkte Thierberg lächelnd, »daß man Ihren Satz umkehren kann, und daß er dann noch höhere Wahrheit enthält; Ihr Herr und Meister hat jene Schlacht zwar *nicht gewonnen*, aber desto gewisser *verloren.*«

»Er hat sie verloren«, antwortete der General; »was die Welt damit verlor, will ich nicht aussprechen, aber jene Strophe, womit Anna ihren Gesang schloß, drückt aus, wer noch am Abend jenes unglücklichen Tages, als Cäsar und sein Glück von der Übermacht zerschmettert wurden, als meine braven Kameraden auf Mont St. Jean den letzten Atem aushauchten – der *Größere* war.«

»Der Größere! und dies können Sie noch fragen, General?« entgegnete heftig der junge Mann aus der Mark. »Als die Strahlen der Abendröte über jenes denkwürdige Feld streiften, beleuchtend die Schande Frankreichs und sein verwirrtes Heer, als blutend, aber unbesiegt, das englische Heer jene Hügel deckte und Deutschlands Völker stolzen Schrittes in die Ebene herabstiegen, um den Kampf siegend zu entscheiden – denken Sie sich, ich bitte, jenen erhabenen Moment, und sagen Sie mir, wer da der Größere war?«

»Der Gott des Zufalls«, erwiderte der General. »Mächtiger war er wenigstens als jener alte Held, der auch noch an seinem letzten Schlachttage zeigte, welche mächtige Kluft zwischen dem Genie und roher, wohlgenährter, tierischer Kraft befestigt sei. Er ist gefallen, nicht, weil ihm England oder Deutschland gewachsen war, sondern, weil er früher oder später fallen *mußte*, weil er einen Vertilgungskrieg gegen sich selbst führte, der seine Kräfte aufrieb, oder können Sie mir beweisen, daß an jenem Tage von Waterloo das Genie des englischen Feldherrn oder gar *Ihres* Blücher ihn besiegte?«

»Seien wir gerecht«, nahm der junge Willi das Wort; »geben wir zu, daß ihm keiner seiner militärischen Gegner gewachsen war, so beweist dies noch immer nicht für jene innere Größe, für jene moralische Erhabenheit, welche die Mitwelt mit sich fortreißt, ihr Jahrhundert bildet, und Segen noch auf die späte Nachwelt bringt. Napoleon war ein großer Soldat – aber kein großer Mensch.«

»Sohn!« erwiderte der General, »wie kannst du in irgendeinem Fach des Wissens groß, größer als sonst ein Mann des Jahrhunderts werden, *ohne ein großer Mensch* zu sein? Die Maschine ist es nicht, nicht dieser

Körper ist es, was sie groß macht, es ist der Geist. Jene veralteten Formen Europas, von klugen Männern vor tausend Jahren ausgedacht, stürzten zusammen, weil es Formen waren, die der Geist verlassen hatte; sie brachen ein vor den Blitzen seines Genies, sie hatten das Schicksal jener Leichname, die in Grüften eingeschlossen, in ihren fürstlichen Leichenprunk gehüllt, Jahrhunderte überdauern, weil sie die Kerkerluft ihres Grabes nicht vermodern läßt. Berühre sie mit *lebendiger* Hand, hauche sie an mit *freiem* Odem und – sie zerfallen in Asche!«

»Dies beweist nicht gegen mich«, sagte Willi –

»Und wo ist denn das große und feste Reich, das der große Mann gründete?« unterbrach ihn Thierberg; »Sie vergleichen unsere schönen, alten Institutionen, Gott möge es Ihnen verzeihen, mit einem Leichnam, aber was war denn jener korsische Kaiserthron, was sein Staatsgebäude, als ein Kartenhaus?«

»Ich habe nie gesagt, daß Napoleon der Mann war, einen großen Staat zu gründen«, antwortete der alte Willi; »Frankreich war unter ihm ein Lager, dessen erste Posten die Rheinbundstaaten bildeten. Er hätte vielleicht ein Ende genommen, das seiner oder Frankreichs unwürdig gewesen wäre, wenn er einige Jahre in beständiger Ruhe und Frieden regiert hätte.«

»So war also das Ende, welches er nahm, seiner würdig?« fragte Rantow lächelnd.

»Nicht der Platz, auf welchem wir stehen«, versetzte der General, nicht ohne Wehmut, »nicht der Raum, sei er groß oder klein, gibt uns Würde oder Schmach. Wir sind es, die uns und unseren Posten adeln oder schänden. Die Welt hat gelacht und gehöhnt, als man den größten Geist des Jahrhunderts auf eine öde Insel verbannte. Dort, an der höchsten Felsenspitze, haben sie den alten Adler angeschlossen, wo er nur in die Sonne, auf den weiten Ozean und in einige treue Herzen sah. Aber man hat nicht bedacht, wie vielen Stoff zum Lachen man der Nachwelt gebe; es war nicht *Strafe,* was ihn dorthin verbannte, *wer* in Europa konnte *ihn strafen?* Es war – Furcht. So mußte es kommen, daß man in ihm noch immer den *Gefürchteten* sah; und manche Herzen, die sich von ihm abgewendet hatten, fingen an, ihn wieder zu lieben; pflegt doch das Unglück die Menschen zu versöhnen und – es war ja nichts an seine Stelle getreten, was ihn hätte vergessen machen können.«

»Glauben Sie etwa, Herr Nachbar«, sagte Thierberg, »es hätte wieder ein solcher Attila auftreten müssen, nur um die Zeitungsschreiber zu unterhalten? Vergessen wird man wohl jenen Namen noch lange nicht, aber – man wird ihn verdammen.«

»Mancher hat ein persönliches Recht dazu, und ich kann *ihn* darum nur beklagen, nicht entschuldigen, daß sein Gang über die Erde nicht die gebahnte Straße ging. Aber man wird auch mit andern Gefühlen sich seiner erinnern. Die Großen der Erde scheinen zwar nicht viel von ihm gelernt zu haben, desto mehr vielleicht die Kleinen. Er hat sich seine Bahn so erhaben aufgerissen, als Alexander, er hat sie verfolgt wie Cäsar, man hat ihm gedankt, wie dem Hannibal, auf jenem Felsen hat er gelebt, wie Seneca, und seine letzten Tage waren eines Sokrates würdig.«

713 »In diesem Punkt werden wir nimmer einig«, erwiderte der alte Thierberg; »was mich betrifft, so kömmt er mir vor, als habe er seine Laufbahn eröffnet wie ein Aventurier, habe sie verfolgt, wie ein Räuber, habe mit seinem Raub verfahren, wie ein verzweifelter Spieler, und habe geendet, wie ein – Komödiant!«

»Wir sind noch nicht seine Nachwelt«, bemerkte Robert Willi. »Erst wenn alle Parteien, die persönliches Interesse aussprachen, von der Erde verschwunden sind, dann erst wird man mit klarem Auge richten. Mein Held ist er nicht, aber in seinen italienischen Feldzügen erscheint er wie ein Wesen höherer Art, und dies wenigstens werden auch Sie zugeben, Herr von Thierberg.«

»Es ist möglich«, versetzte der Alte, »er hat damals mein Staunen, meine Bewunderung erregt; aber wie schnell wurde ich von meiner Vorliebe geheilt! Wenn er damals den Bourbons den Thron zurückgegeben hätte – die Macht hatte er dazu – so wäre er mir wie ein Engel erschienen.«

»Dies war wegen seiner Armee, die anders dachte, unmöglich«, antwortete der General.

»Sie erinnern sich«, fuhr der Alte fort, »daß ich Ihnen öfter von einem französischen Kapitän erzählte, der mich in der Schweiz aus großer Verlegenheit rettete; – der einzige Franzose, den ich achte, und für den ich noch jetzt alles tun könnte. Mit diesem sprach ich damals auch über *diesen* Punkt. Ich sagte ihm, daß Frankreich ohne Rettung verlorengehe, wenn es in der ewigen, sich immer von neuem gebärenden Revolution fortfahre. Nur ein König an der Spitze könne es retten.

– Er gab es zu; er sagte mir, daß die Bourbons eine große Partei in Paris hätten und daß mein Gedanke vielleicht erfüllt würde. Ich fragte ihn, wie der Konsul Buonaparte, der damals an der Spitze stand, darüber dächte. ›Er äußert sich nicht‹, erwiderte mir der Kapitän, ›aber wenn ich ihn recht verstehe‹, setzte er lächelnd hinzu, ›so wird Frankreich bald nur *einen* Meister haben.‹ Ich deutete dies Wort meines neuen Freundes damals auf die Zurückkunft der Bourbons, leider ist es an Buonaparte selbst in Erfüllung gegangen.«

Der junge Willi war schon zu Anfang dieser Rede aufgestanden; er hatte Annas Vater die Geschichte von seinem Kapitän schon einige dutzendmal erzählen gehört, und sein Blut wallte in diesem Augenblick noch zu unruhig, als daß er sie von neuem anhören mochte; er ging mit zögernden Schritten im Saal auf und nieder; als aber der alte Thierberg im Gespräch mit dem General auf die jetzigen Verhältnisse Frankreichs einging, ein Punkt, über den sie niemals in Streit gerieten, gesellte sich auch Rantow zu dem jungen Willi. Er ließ sich von ihm die Geschichte der letzten Wochen noch einmal wiederholen, führte ihn unbemerkt in das nächste Zimmer und dann auf die breite Hausflur. Dort hielt er plötzlich inne und flüsterte dem erstaunten jungen Mann ins Ohr: »Sie dürfen vor mir kein Geheimnis mehr haben; Anna hat mir alles entdeckt und auf meinen Beistand können Sie sich verlassen.« Noch einen Augenblick zweifelte Robert, weil ihm diese Nachricht zu neu und unerwartet kam; als aber Rantow ins einzelne einging und ihm erzählte, was in jener Schreckensnacht vorgefallen sei, als er ihm entdeckte, wie ungünstig gegenwärtig die Verhältnisse seien, da stand jener nicht länger an, die Hülfe, die ihm geboten wurde, anzunehmen, er bat Albert, ihm, wenn es möglich wäre, Gelegenheit zu verschaffen, mit Anna zu sprechen.

Der Gast aus der Mark dachte einige Augenblicke nach, ob er dies möglich machen könnte. Anna hatte ihn selbst zwar nie auf ihr Boudoir im Turm eingeladen, aber er hoffte in solcher Begleitung nicht unwillkommen zu sein; das einzige, was ihn hätte abhalten können, war die Furcht vor dem Zorn seines Oheims, im Fall diese Zusammenkunft entdeckt würde, aber die Lust, wo er nicht selbst die Rolle übernehmen konnte, wenigstens die Intrige zu unterstützen, siegte über jede Bedenklichkeit; er winkte dem jungen Willi, ihm zu folgen. Der Gang nach Annas Turm war ihm bekannt. Nach der Lage ihrer Fenster mußte ihr Gemach noch zwei Stockwerke höher liegen, als der Saal. Sie stiegen eine enge, steile Treppe von Holz hinan, die unter jedem Tritte, so behutsam sie auch stiegen, ächzte. Zum nicht geringen Schrecken begegnete ihnen auf dem ersten Stock der alte Hanns, der sie verwundert ansah. Albert winkte seinem Gefährten, nur immer voranzugehen, er selbst nahm, ohne in seiner Bestürzung zu bedenken, ob es klug sein möchte, den alten Diener auf die Seite: »Hanns!« sagte er, »wenn du deinem Herrn ein Wort –« – »Oh«, erwiderte jener schlau lächelnd, »da hat es gute Wege, sowenig als in jener Nacht, da Sie mich beinahe in den Neckar warfen, ich bin so still wie ein toter Hund.« Beruhigt folgte Rantow dem Liebhaber; sie hatten bald das Ende der Treppe erreicht und standen nun auf einer Art von Vorsaal; die Reinlichkeit und Zierlichkeit, die hier herrschte, ließ ahnen, daß man sich nicht mehr weit von Annas Gemach befinde. Zwei Türen gingen auf diesen Vorplatz; sie wählten auf gutes Glück die nächste, pochten an – keine Antwort. Sie pochten wieder; jetzt tat sich die zweite Türe auf, und Anna erschien auf der Schwelle.

Sie errötete, als sie die beiden jungen Männer sah, doch, als habe dieser Besuch nichts Auffallendes an sich, lud sie dieselben durch einen freundlichen Wink ein, näher zu treten. »Ihr kommt wohl um die schöne Aussicht von meinem Turm zu betrachten?« sagte sie; »jetzt erst fällt mir bei, daß du nie hier warst, Albert, aber so ganz bin ich schon an diesen herrlichen Anblick gewöhnt, daß es mir nicht einmal einfiel, dich hieher einzuladen.«

715

12

Das Gemach war klein, die Geräte gehörten einer früheren Zeit an, aber dennoch war alles so freundlich und geschmackvoll geordnet, daß Rantow, nachdem er die Aussicht geprüft, die nächsten Umgebungen gemustert, und alles recht genau angesehen hatte, dieses Zimmer für das schönste im Schloß erklärte. Nur eine breite Kiste, von schlechtem Holz zusammengezimmert, die auf einer Kommode stand, schien ihm nicht mit den übrigen Gerätschaften zu harmonieren. So ungerne er die beiden Liebenden, die, anscheinend in die Aussicht auf das Tal hinab vertieft, eifrig zusammen flüsterten, stören mochte, so war doch seine Neugierde, zu wissen, was der geheimnisvolle

Schrank verberge, zu groß, als daß er nicht seine Base darüber befragt hätte.

»Bald hätte ich das Beste vergessen!« rief sie aus; »das Bild für Ihren Vater ist heute angekommen, Robert; ich habe es hieher gestellt, weil mein Vater nie hieher kömmt und weil ich es doch auch betrachten wollte.« Sie rückte unter diesen Worten den Deckel des Schranks, Willi half ihn herabnehmen, und das Bild eines Reiters, der auf einem wilden Pferd eine Anhöhe hinansprengt, wurde sichtbar.

»Buonaparte!« rief Rantow, als ihm die kühnen, geistvollen Züge auf der Leinwand entgegensprangen.

»Erkennst du ihn?« fragte Anna lächelnd. »Das war der Sieger von Italien!«

»Ich hätte nicht geglaubt, daß die Kopie so gut gelingen könnte«, 716 bemerkte Willi; »aber wahrlich, David war ein großer Maler. Wie edel ist diese Gestalt gehalten, wie glücklich der Einfall, diesen hochstreben-den Mann nicht in der gebietenden Stellung eines Obergenerals, son-dern in einer Kraftäußerung aufzufassen, die einen mächtigen Willen, und doch eine so erhabene Ruhe in sich schließt.«

»Ich kenne das Original«, sagte Rantow, »es ist in der Galerie zu Berlin aufgestellt, und ich finde diese Kopie trefflich; für Liebhaber des Gegenstandes, worunter ich nicht gehöre, gewinnt dieses Gemälde um so höheres Interesse, als die Idee dazu von Napoleon selbst ausging. Man sagt, David habe ihn malen wollen als Helden, den Degen in der Hand, auf dem Schlachtfelde; Buonaparte aber erwiderte die merkwür-digen Worte: ›Nein! mit dem Degen gewinnt man keine Schlachten; ich will *ruhig* gemalt sein – auf einem wilden Pferde.‹«

»Dank dir für diese Anekdote«, erwiderte Anna, »sie macht mir das Bild um so lieber, und nicht wahr, Robert«, setzte sie hinzu – »auch dein Vater soll durch seine Originalität nur noch mehr erfreut werden.«

»Anna!« unterbrach die Beschauenden eine dumpfe, wohlbekannte Stimme. Sie sahen sich um, der alte Thierberg, auf seinen Diener ge-stützt, stand mit hochrotem, zürnendem Gesicht und zitternd vor ih-nen; der General, welcher seitwärts stand, schien verlegen und ängst-lich. Aber so schnell war dieser Schreck, so groß die Furcht Annas vor ihrem Vater, und so furchtbar sein Anblick, daß sie zu schwanken anfing, und hätte der General sie nicht unterstützt, sie wäre in die Knie gesunken.

»Sind das die gerühmten Sitten Ihres Herrn Sohnes«, wandte sich der Alte bitter lachend zu dem General, indem er bald den Sohn, bald den Vater ansah; »heißt das, wie Sie mir vorzumalen suchten, sich in den zartesten Grenzen des Anstandes halten? Herr! wie kommen Sie dazu, mit meiner Tochter *allein* auf ihrem Zimmer zu sein.«

»Oncle –« rief Rantow, um ihn zu belehren.

»Schweig, Bursche!« antwortete ihm der zürnende Alte, indem er immer den jungen Willi mit glühenden Blicken ansah.

»Ich denke«, erwiderte dieser ruhig und mit stolzer Fassung, »die Erziehung Ihrer Tochter und Annas Sitten müßten Ihnen Bürge sein, daß ein Mann, selbst wenn er allein käme, sie besuchen dürfte, vorausgesetzt, sie will ihn empfangen, und über den letzteren Punkt steht nach allen Gesetzen der guten Sitte der jungen Dame selbst, nicht aber Ihnen, Herr von Thierberg, die Entscheidung zu.«

Diese Worte schienen seinen Eifer noch mehr zu entflammen, er atmete tief auf, aber in diesem Augenblick trat sein Neffe mutig dazwischen und redete ihn auf eine Weise an, die, wie ihn sein kurzer Aufenthalt bei den Thierbergs gelehrt hatte, die Wirkung nicht verfehlen konnte. »Herr von Thierberg«, rief er bestimmt und mit ernster Miene, »Sie haben mir vorhin zu schweigen geboten, ich werde aber nicht schweigen, wenn man meiner Ehre zu nahe tritt; ich bin es gewesen, der Herrn von Willi hieher führte, ich bin es gewesen, der ihn hier unterhielt, und er hat mich hieher begleitet, weil ich ihn darum gebeten habe.«

»Du warst zugegen?« fragte der Oheim mit etwas gemilderter Stimme. »Aber, was Teufel geht dich das Zimmer meiner Tochter an? was hattest du hier zu suchen?«

Mit einer theatralischen Wendung und sprechender Miene wandte sich der Neffe gegen die Hinterwand des Zimmers, deutete mit dem ausgestreckten Arm hin und sprach: »Hier steht, was ich suchte.«

Der Alte trat mit schnelleren Schritten, als seine Krankheit erlaubte, näher. Er betrachtete das Bild und blieb mit einem Ausruf des Erstaunens stehen; seine trotzige Miene klärte sich auf, seine Stirn entfaltete sich, sein blitzendes Auge schimmerte nur noch von Rührung und Freude. »Gott im Himmel!« rief er aus, indem er das Mützchen abnahm, das er beständig trug. »Wer hat mir das getan, woher, woher habt ihr ihn? Wer hat ihn meinen Gedanken nachgebildet, wer hat mir diese Züge, diese Augen hier, hier aus meinem Herzen herausgestohlen?«

Die Männer sahen sich staunend an, betreten richtete sich Anna auf und trat näher, denn sie besorgte, ihr alter Vater rede irre. »Wer hat dies Bild hieher gestellt?« fragte er nach einer Pause, indem er sich umwandte, und alle sahen Tränen in seinen Augen glänzen.

»Ich, mein Vater«, sagte Anna zögernd.

»O du gutes Kind!« fuhr er fort, indem er sie in seine Arme schloß, »wie Unrecht habe ich dir vorhin getan! Als ich in dieses Zimmer trat, glaubte ich, du habest mich tief gekränkt und doch hast du mich so unendlich erfreut! – Kennst du ihn, Hanns?« wandte er sich an seinen Diener, »kennst du ihn nicht wieder?«

»Gott straf mich – er ist's!« erwiderte der alte Reitknecht. »Solche schreckliche Augen machte er gegen die fünf Buschklepper, die uns auszogen, o das war ein braver Herr!«

Die, welche den Herrn und seinen Diener so sprechen hörten, konnten sich von ihrem Staunen kaum erholen, sie sahen sich lächelnd an, als ahnen sie eine sonderbare Fügung des Geschicks, als sei ein schweres Gewitter segnend über ihnen hinweggezogen. Der General aber, der bald Anna, bald das Bild mit blitzenden Augen betrachtet hatte, trat näher heran und fragte den alten Thierberg, wen er denn in diesem Bilde wiedererkenne?

»Das ist derselbe treffliche Kapitän«, antwortete er, »der mich am Fuß des St. Bernhard aus der Gewalt ruchloser Soldaten errettete; wie? er ist derselbe, von welchem ich Ihnen so oft erzählte; das Muster eines braven Mannes, eines gebildeten und klugen Soldaten.«

»Nun, so bitte ich Sie«, fuhr der General mit inniger Rührung fort, indem auch ihm eine Träne im Auge schwamm, »ich bitte Sie im Namen dieses Mannes, den ich auch kannte, Sie mögen ihm vergeben, wenn er nachher anders handelte, als Sie damals dachten!«

»Wie? Sie haben ihn gekannt?« rief der Alte dringend, indem er die Hand des Generals faßte, »wer war er, wie heißt er, lebt er noch?«

»Er ist tot – seinen Namen kannte die Welt – dieser Mann hier ist –«

»Nun?« drängte der Alte den General, dem die Stimme zu brechen schien. – »Wer? doch nicht –«

»Dieser Mann«, rief der General mit einem feurigen Blick auf das Gemälde, »dieser Mann war – Napoleon Buonaparte, der Kaiser der Franzosen.«

Der Alte setzte seine Mütze auf; er drückte die Augen zu und in seinem Gesichte kämpfte Unmut mit Rührung. Doch als er nach einer Weile das Bild wieder ansah, schien er es nicht über sich zu vermögen, dem stolzen Reiter gram zu werden; »Du also?« sprach er zu ihm, »du warst dieser – kühne Mann? Das war also deine Meinung? Du hast mir mein Kleid, meinen Hut und meine Börse zurückgegeben, um mir nachher mein alles zu rauben?«

»Vater«, sagte Anna schmeichelnd, »wie glücklich waren Sie aber dennoch! Der erste Mann des Jahrhunderts hat so traulich zu Ihnen gesprochen.«

»Ja, das haben wir«, erwiderte der Alte lächelnd und nicht ohne Stolz, »recht freundlich haben wir uns unterhalten, ich und er, und er schien Gefallen an mir zu finden. Ich habe nicht gehört, daß der erste Konsul sich je gegen einen so offen ausgesprochen hätte, wie damals gegen mich; ›Frankreich wird nicht mehr lange ohne König sein‹, waren seine eigenen Worte; du hast es erfüllt, kleiner Schelm! – Ha! und geradeso sah er aus, so warf er noch einmal den stolzen Kopf herüber, als er sein Roß den Berg hinantrieb und die Feldmusik des Regimentes herüberklang. General Willi – es war doch ein großer Geist!«

»Gewiß!« sagte der General freudig gerührt, indem er dem Alten die Hand drückte. »Aber, wie kam nur dies Bild hieher zu Ihnen, Anna?«

»Darf ich es verschweigen, Robert?« antwortete sie; »nein, er hat es ja doch schon gesehen. Ihr Sohn wollte Sie an Ihrem Geburtstag damit überraschen, und ich erlaubte, daß das Bild einstweilen hier aufgestellt würde.«

Der alte Thierberg hatte aufmerksam zugehört; er schien überrascht und ging auf den jungen Willi zu, dem er seine Hand bot. »Junger Mann«, sagte er, »ich habe Ihnen vorhin bitter Unrecht getan, ich sehe jetzt, daß Sie ein schönerer Zweck auf dieses Zimmer führte, als ich anfangs dachte; werden Sie mir meine übereilten Worte, meine Hitze vergeben?«

Robert errötete. »Gewiß, Herr von Thierberg«, antwortete er, »und wenn Sie noch zehnmal heftiger gewesen wären, so konnten Sie mich zwar kränken, aber niemals beleidigen; es ist hier nichts zu vergeben.«

»Wirklich?« erwiderte der alte Herr sehr freundlich, »und, wenn ich fragen darf – wo haben Sie das Bild gekauft? Könnte man nicht sich auch ein Exemplar verschaffen? Ich möchte doch den grand capitaine, *meinen* Kapitän in meinem Zimmer haben.«

»Wie ich meinen Vater kenne«, sagte der junge Mann, »so wird er dieses Bild vielleicht noch lieber in Ihrem Hause, als in dem seinigen sehen. Ich bitte, erlauben Sie, daß ich es dort aufhänge.«

»Sie machen mir ein großes Geschenk, lieber Robert«, sagte Thierberg; »wohin ist es mit unsern Gesinnungen gekommen? Ich glaube, wir denken im Grunde gleich über diesen Buonaparte, und doch sind *Sie* es, der mir ihn anbietet, und mir macht es Freude, ihn anzunehmen. Ich habe wenige Bilder, aber einige alte, gute; suchen Sie sich etwas aus, nehmen Sie dafür aus meinem Schloß, was Sie wollen.«

»Halt!« rief der General, »bei diesem Handel bin ich auch beteiligt; ich kenne den unglücklichen Geschmack meines Sohnes und weiß, wie wenig er auf *alte* Bilder hält; wollen Sie ihm nicht ein *jüngeres* dafür geben? Thierberg, vor diesem Bilde, das nun auch für Sie von Bedeutung ist, wiederhole ich meine Werbung. Ihre Anna um diesen Napoleon.«

Der alte Herr war betreten, er warf verlegene Blicke auf die Umstehenden, endlich haftete sein Auge auf Davids Gemälde. »Du hast viel verschuldet«, sprach er, »Europas alte Ordnung hast du umgeworfen, und nun nach deinem Tode willst du dich in meine Haushaltung mischen?«

»Herr Baron!« sagte der alte Hanns mit gerührter Stimme, »nehmen Sie es einem alten Diener nicht ungnädig auf, aber wissen Sie noch, was Sie zu dem braven Kapitän sagten, und was Sie mir oft erzählt haben? Monsieur, haben Sie gesagt, wenn Sie einst durch Schwaben kommen und in unsere Gegend, so vergessen Sie nicht auf Thierberg einzusprechen, daß Sie mich nicht zu Ihrem ewigen Schuldner machen.«

Herr von Thierberg aber strich sich nachdenklich mit der Hand über die Stirne, warf noch einen zögernden Blick auf das Bild, und führte dann Anna zu Robert Willi. »Nimm sie hin!« sagte er fest und ernst. »Ich habe es nicht tun wollen, aber vielleicht war es gut, daß dies alles so kommen mußte; nimm sie hin!«

Mit großer Rührung umarmte der General den alten Mann, und indem Robert überrascht und selig seine Braut, wir wissen nicht ob zum erstenmal an seine Lippen drückte, schüttelte der Gast aus der Mark, um nicht ganz teilnahmlos zu erscheinen, dem alten Diener herzlich die Hand. Albert hat nachher erzählt, daß er in jenem feierlichen Augenblick, trotz seines inneren Widerstrebens, gut Napoleonisch gesinnt gewesen sei, und zum erstenmal in seinem Leben jene Macht und Überlegenheit gefühlt und anerkannt habe, die jener große Geist auf die Gemüter zu üben pflegte.

Er erzählte auch, daß der alte Thierberg jenen sonderbaren Tausch niemals bereut habe; er fand in seinem Schwiegersohne Eigenschaften, die er ihm nie zugetraut hatte, und als er ihn bei der Verwaltung der Güter seines Vaters mit Rat und Tat unterstützte, lebte er im Glücke seiner Kinder die Tage seiner eigenen Jugend wieder.

721 Von der Hochzeit des jungen Paares sprach der Gast aus der Mark nicht gerne, man sah ihm an, daß er lieber selbst mit der liebenswürdigen Anna vor den Altar getreten wäre. Einen Zug aber aus diesem glänzenden Tag pflegte er bei Wiederholung dieser Geschichte nie zu vergessen, vielleicht nur um jene schwärmerischen Anhänger Napoleons und seinen neubekehrten Oheim ins Komische zu ziehen. Der alte Gardist des Generals, erzählte er, habe alle Domestiken und einige junge Burschen zum Vivatschreien abgerichtet, und die schöne Braut mit ins Geheimnis gezogen; er habe seine Leute unter die Türen des großen Saales im Schlosse Thierberg gestellt, und als nun mancher Toast ausgebracht war, sei auch Anna mit dem Kelchglas aufgestanden, und habe mit ihrer süßen Stimme »dem Bild des Kaisers« die Ehre eines Toasts gegeben. Da wurde der Jubel rauschend, die Gäste stießen an, Hanns und der Gardist schwangen zum Zeichen ihre Mützen, und 722 wohl aus fünfzig Kehlen schallte ein jauchzendes: »Vive l'Empereur!«

Biographie

1802 *29. November:* Wilhelm Hauff wird in Stuttgart als Sohn des Regierungssekretärs August Friedrich Hauff und seiner Frau Wilhelmine Hauff, geb. Elsäßer, geboren.

1808 Die Familie siedelt nach Tübingen über.

1809 Tod des Vaters.

1817 Eintritt in die Klosterschule Blaubeuren (bis 1820).

1820 *Oktober:* Beginn des Studiums der Theologie und Philosophie am Tübinger Stift (bis 1825).

1822 *Herbst:* Reise an den Rhein.

1824 *Frühjahr:* Verlobung mit der Kusine Luise Hauff.

August: Promotion zum Doktor der Philosophie.

»Kriegs- und Volkslieder« (Sammlung, die auch eigene Gedichte enthält, 10 Bände).

Herbst: Hauff wird von der Familie des Freiherrn von Hügel als Erzieher und Hauslehrer angestellt (bis 1826).

1825 »Mittheilungen aus den Memoiren des Satan« (1. Band, vordatiert auf 1826).

Unter dem Namen H. Clauren, den der Unterhaltungsschriftsteller Karl Gottlieb Samuel Heun als Pseudonym verwendet, veröffentlicht Hauff »Der Mann im Mond oder Der Zug des Herzens ist des Schicksals Stimme« (2 Bände, vordatiert auf 1826) eine Parodie auf Heuns sentimentale Unterhaltungsliteratur.

Hauff publiziert seine erste Märchensammlung »Mährchen-Almanach auf das Jahr 1826 für Söhne und Töchter gebildeter Stände«, der u.a. die im Orient spielenden Märchen »Kalif Storch« und »Geschichte von dem kleinen Muck« enthält.

Dezember: Heun/Clauren strengt einen Prozeß gegen Hauff wegen unrechtmäßiger Verwendung des Pseudonyms an.

1826 Der zweite »Mährchen-Almanach« Hauffs erscheint, er enthält u.a. »Zwerg Nase« und »Der Affe als Mensch« sowie Märchen anderer Autoren, z.B. von Wilhelm Grimm »Schneeweißchen und Rosenrot«. Der Schauplatz der Märchen Hauffs ist nun nicht mehr der Orient, sondern Deutschland.

Frühjahr: Hauff beginnt eine Bildungsreise durch Frankreich,

Deutschland und die Niederlande.

Aufenthalt in Dresden und Besuch bei Ludwig Tieck.

»Mittheilungen aus den Memoiren des Satan« (2. Band, vordatiert auf 1827).

Der erste deutsche historische Roman erscheint, Hauffs Ritterroman »Lichtenstein, romantische Sage aus der württembergischen Geschichte« (3 Bände).

»Othello« (Novelle, gedruckt in der »Abend-Zeitung«).

»Die Sängerin« (Novelle, im »Frauentaschenbuch auf das Jahr 1827«).

»Die Bettlerin vom Pont des Arts« (Novelle, im »Morgenblatt für gebildete Stände«).

»Controvers-Predigt über H. Clauren und den Mann im Monde« (vordatiert auf 1827).

Dezember: Hauff wird von der evangelischen Verwaltungsbehörde für drei Jahre vom Kirchendienst freigestellt.

1827   *Januar:* Johann Friedrich Cotta beauftragt Hauff mit der Redaktion des »Morgenblatts«, in dem er weiterhin eigene Texte veröffentlicht.

Februar: Heirat mit Luise Hauff.

Erste Arbeiten an einer Oper »Das Fischerstechen«.

Arbeit an dem Roman »Andreas Hofer«, der als Gegenstück zum »Lichtenstein« auf dem Hintergrund der Geschichte Tirols spielen soll.

Studienreise nach Tirol zur Vorbereitung des Hofer-Romans.

»Phantasien im Bremer Rathskeller«.

10. November: Geburt der Tochter Wilhelmine.

18. November: Hauff stirbt in Stuttgart an einer Infektionskrankheit.

Der dritte »Mährchen-Almanach« Hauffs, »Das Wirtshaus im Spessart« erscheint. Er enthält u.a. »Das kalte Herz«.

»Novellen« (3 Bände, datiert auf 1828).

Erzählungen der Frühromantik

1799 schreibt Novalis seinen Heinrich von Ofterdingen und schafft mit der blauen Blume, nach der der Jüngling sich sehnt, das Symbol einer der wirkungsmächtigsten Epochen unseres Kulturkreises. Ricarda Huch wird dazu viel später bemerken: »Die blaue Blume ist aber das, was jeder sucht, ohne es selbst zu wissen, nenne man es nun Gott, Ewigkeit oder Liebe.«

Tieck Peter Lebrecht **Günderrode** Geschichte eines Braminen **Novalis** Heinrich von Ofterdingen **Schlegel** Lucinde **Jean Paul** Des Luftschiffers Giannozzo Seebuch **Novalis** Die Lehrlinge zu Sais
ISBN 978-3-8430-1878-4, 416 Seiten, 29,80 €

Erzählungen der Hochromantik

Zwischen 1804 und 1815 ist Heidelberg das intellektuelle Zentrum einer Bewegung, die sich von dort aus in der Welt verbreitet. Individuelles Erleben von Idylle und Harmonie, die Innerlichkeit der Seele sind die zentralen Themen der Hochromantik als Gegenbewegung zur von der Antike inspirierten Klassik und der vernunftgetriebenen Aufklärung.

Chamisso Adelberts Fabel **Jean Paul** Des Feldpredigers Schmelzle Reise nach Flätz **Brentano** Aus der Chronika eines fahrenden Schülers **Motte Fouqué** Undine **Arnim** Isabella von Ägypten **Chamisso** Peter Schlemihls wundersame Geschichte **Hoffmann** Der Sandmann **Hoffmann** Der goldne Topf
ISBN 978-3-8430-1879-1, 408 Seiten, 29,80 €

Erzählungen der Spätromantik

Im nach dem Wiener Kongress neugeordneten Europa entsteht seit 1815 große Literatur der Sehnsucht und der Melancholie. Die Schattenseiten der menschlichen Seele, Leidenschaft und die Hinwendung zum Religiösen sind die Themen der Spätromantik.

Brentano Die drei Nüsse **Brentano** Geschichte vom braven Kasperl und dem schönen Annerl **Hoffmann** Das steinerne Herz **Eichendorff** Das Marmorbild **Arnim** Die Majoratsherren **Hoffmann** Das Fräulein von Scuderi **Tieck** Die Gemälde **Hauff** Phantasien im Bremer Ratskeller **Hauff** Jud Süss **Eichendorff** Viel Lärmen um Nichts **Eichendorff** Die Glücksritter
ISBN 978-3-8430-1880-7, 440 Seiten, 29,80 €